U0546170

suncolor

目錄

淡路之君
以鬼為食的上臈冤魂，花菱一族的先祖。其職責是撫慰那些曾經含恨流放到淡路島的貴人冤魂。
孝冬
花菱男爵家次子，現任當家，其家系為神職華族。經手生意五花八門，同時還要替淡路之君尋找鬼魂。
鈴子
瀧川侯爵家的么女，為侯爵和瀧川家女傭所生，在淺草的貧民區長大。曾被喻為「千里眼少女」，現年十七歲。
花菱夫妻和十二單之女

# 花菱夫妻親族

**嘉忠**（右）・**嘉見**（左）

已故嫡妻的兒子嘉忠，為瀧川家接班人。
嘉見為雪子和朝子的親弟。

**雪子**（右）・**朝子**（左）

雙胞胎，鈴子同父異母的姊姊，千津的女兒。

**千津**

瀧川侯爵的小妾，為雪子、朝子、嘉見的生母。

**由良**

孝冬的傭人。

**鷹嬸**

鈴子的侍女。

**阿若**

由良的青梅竹馬。

**銀六**

鈴子喪母後，曾經照顧鈴子的男性。

**丁姨**

曾經和銀六他們一起照顧鈴子的女性，是鈴子母親的朋友。

**虎吉**

曾經和銀六、丁姨、鈴子共同生活的老人。

# 哀泣弁天

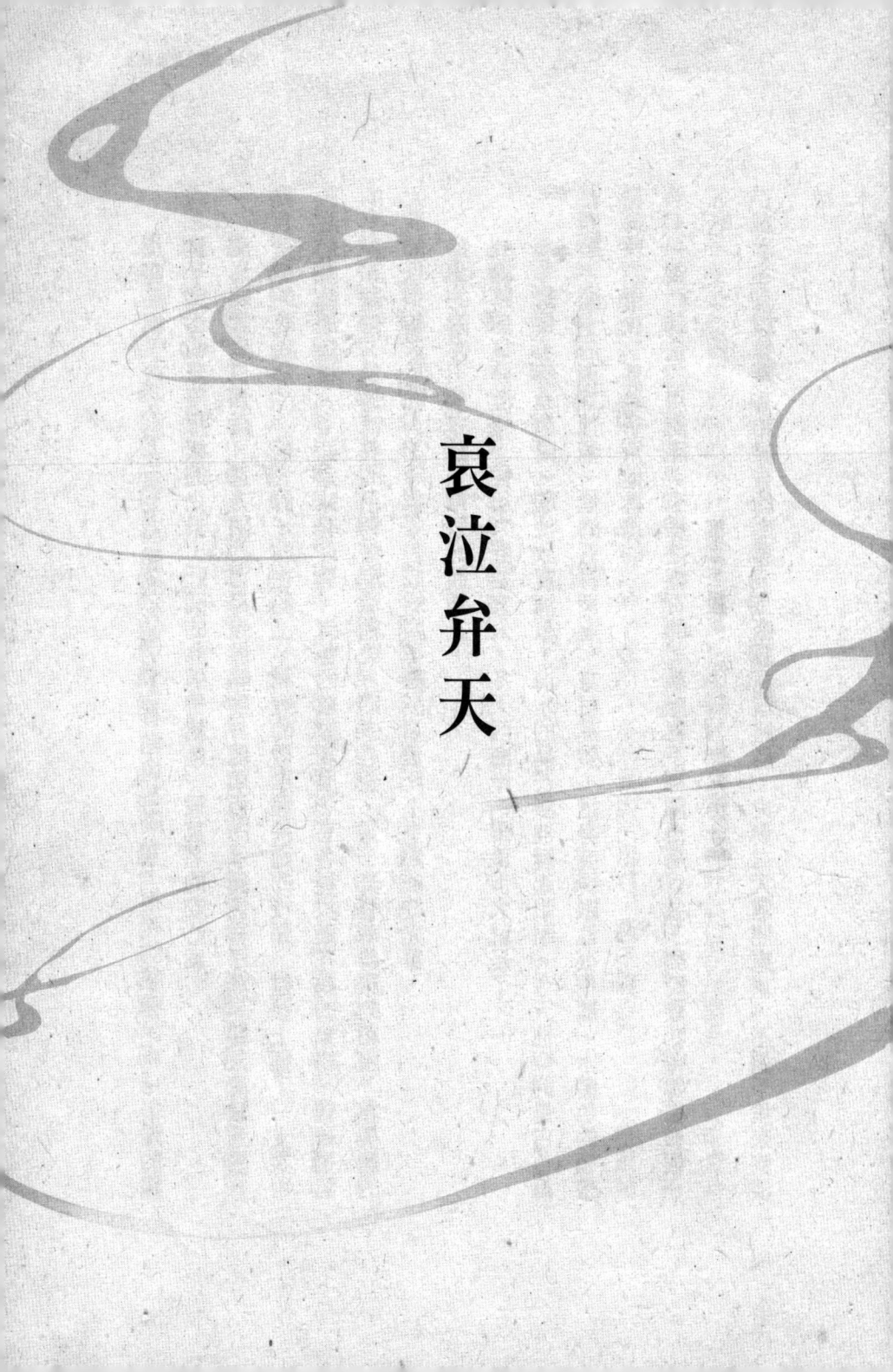

「鷹嬸，我們到陸地上歇一會兒吧？」

鈴子關心鷹嬸。

「萬萬使不得，請不要為了我推遲行程——」

鷹嬸用力搖頭，接著又摀住嘴巴哀哀叫，顯然暈船暈得很徹底。一向健康過人的鷹嬸，如今卻像一把失去生機的青菜。

「想不到鷹嬸也有弱點呢。」另一名侍女阿若，憂心忡忡地拍拍鷹嬸的背部。

「妳少貧嘴……」鷹嬸瞪著阿若，氣得牙癢癢的。

「這一帶離郡家的港口不遠，我讓船長靠岸吧。」

孝冬也表示關心，不料——

沒料到鷹嬸再三推辭，「萬萬使不得啊！」

「老爺這麼做，真叫我這下人無地自容啊。暈船死不了人的，請照原定計畫前進吧。更何況，老爺的叔公不是已經在港口等了嗎？怎麼好意思讓您的叔公乾等呢。」

鷹嬸神情激動，孝冬困擾地看著鈴子。

「確實，讓你叔公乾等也失禮。」

鈴子沒見過孝冬的叔公，第一次見面就遲到，人家肯定沒有好印象。

「妳們不用操心，沒關係。」

孝冬若無其事地說道：

「就說我中途有私事，耽擱了行程就好。反正，叔公看到我就跟看到瘟神一樣討厭，也沒什麼失不失禮的。」

鈴子觀察孝冬的表情，總算看出了孝冬的想法。孝冬也不想見到他叔公吧，最好讓叔公等到火大，自己滾回家去——光看臉就知道，孝冬肯定是這樣想的。

叔公也就是祖父的弟弟，實際上算是孝冬的叔叔，因為孝冬的生父，正是他的祖父。他的祖父有違人倫，讓媳婦懷上自己的孩子，對外則宣稱那是孫子，以免傷了自家體面。叔公討厭孝冬，想必也跟這件事有關吧。

祖父犯下的錯誤，至今依然傷害著孝冬，在他心中留下一個尖銳又痛苦的鯁刺。

「孝冬先生，與其拖延不想做的事情，不如先辦好比較妥當。」

鈴子提出建言，孝冬似乎不太懂是什麼意思。

「叔公幫你掌管神社，先向他老人家打聲招呼，這才合乎道義啊。」

「呃呃，那是當然。」

「反過來說，只要做到這一點，我們就算盡了道義。」

「這……算嗎？」

「算啊。」

鈴子面無表情地點點頭說。

「做事合乎道義，自然不會理虧，再來要怎麼做就隨我們高興了。」

鈴子說得直截了當，孝冬愣愣地笑了。

「聽妳這樣一講，感覺所有問題都能輕鬆解決呢。」

鈴子倒認為，這樣想也沒啥不好。現在孝冬身上的重擔，本來不該由他承受，而是他祖父自作孽。無奈他祖父死了，沒法子對死人抱怨，這也更讓鈴子氣惱。

「啊啊，吹吹風舒服多了。」

鷹孃攀住船舷，反覆深呼吸，讓海風吹在臉上。

「望向遠方會好一點喔，鷹孃。妳看，那邊有一座山──」

阿若指著島上，一座高聳的山峰。

孝冬對鈴子解釋。

「那是先山，又稱為淡路富士，正好在島嶼中央。島上最高的山是南邊的諭鶴羽山，但先山也是人們酷愛高山巡禮的靈峰。」

「高山巡禮？」

「就是登上高山祈福的一種風俗，屬於山岳信仰吧。這種風俗在淡路島由來已久，淡路島的人民信心淳厚，島上也有不少寺廟和神社。」

孝冬對這些事情果然很熟悉，鈴子眺望著遠方的山脈。先山確實很美，不愧淡路富士的美名。

過了一會兒，船隻抵達三原郡的湊村，也就是這一趟旅程的目的地。湊字有港灣之意，當地自古以來便是繁榮的港都。

湊村位於三原川的河口，背朝三原平原，該平原是島上最大的平原，從這樣的地形不難推斷，此地是淡路島的一大要衝。

下船之前，孝冬吩咐道：「鈴子小姐，紙人。」

鈴子依照吩咐，從袖子裡拿出一個白色的小紙人，那是孝冬上船之前交給她的，鷹𡣗和阿若也有拿到。

孝冬收齊紙人交給船長，船長本職是漁夫，這艘動力帆船平時也是捕魚船。

「要不這樣做，舟玉大人會找上門來呀。」

根據船長的說法，舟玉大人是船上的女神，跟船長算是夫妻關係，所以平常不能讓其他女人搭船。非搭不可的情況下，就得讓女乘客持有紙人，下船時把紙人留在船上。否則，舟玉大人會跟著女乘客下船。

像這一類乘船或捕魚的禁忌還不少，當地居民都嚴格遵守。由此可見，孝冬所言不假，淡路島的人民確實信仰淳厚。

「那花菱大爺，咱先告辭啦。」

「好，多謝船長。」

船長告別時，黝黑的臉龐上露出了親切的笑容。

管家由良正在港口清點行李，這一趟淡路島之行，隨侍的只有鷹孀、阿若和由良三人。分家那邊也有傭人，只帶三人也就夠了，現在由良指揮分家的幾個男傭，讓他們把行李搬到推車上。

淡路島的東岸稱為東浦，西岸就稱為西浦。湊村是西浦最好的港口，出入的船隻也多，人潮絡繹不絕。港口停了好幾艘漁船，往返於阪神和四國的蒸汽船，也都會來靠岸。

「這一帶也盛產鹽，大量的鹽都銷往畿內地區❶——」

孝冬邁步前行，還不忘披露一點小常識。走到一半他停下腳步、面色凝重，但立刻換上禮貌的笑容，這些細微的變化，只有走在他身旁的鈴子看出來。

鈴子順著孝冬的視線望去，前方有一位老人，一身黑羽織及和服褲裙，頭戴巴拿馬帽，手拄著拐杖。老人身材矮小，卻有不怒自威的風貌，一把氣派的白鬍子隨風飄揚，眼睛似乎有點畏光，又好像在生氣瞪人。

「那就是我叔公。」

孝冬面朝前方，簡短說明老人的身分。

孝冬再次邁步向前，叔公跟銅像一樣不動如山，死盯著孝冬不放。待兩人走近，鈴子一眼就看出叔公很不高興。

「哼，堂堂男爵大人，舉手投足當真從容優雅。看老人家在大太陽下乾等，走起路來依舊氣定神閒是吧。」

這就是叔公花菱吉衛開口的第一句話，除了聲音有點沙啞外，口齒非常清楚。而且口吻極為不屑，眼神也不友善，鈴子感受到的不是冰冷的侮蔑，而是激昂的怒意。

---

❶畿內地區：日本本州中西部地區。

「抱歉了叔公。」

孝冬取下帽子，低頭致歉。孝冬要是急忙跑來，這位叔公大概又會罵他「花菱家的人舉止倉皇，成何體統」吧。

吉衛瞄了鈴子一眼。

「叔公，這位是——」

「從大名華族的侯爵家嫁來的媳婦嗎？走了霉運，可憐哪。」

鈴子聽不出對方的語氣是憐憫還是侮蔑，或許他是真心同情鈴子，憐憫這個被淡路之君看上的媳婦吧。淡路之君是危害花菱一族的冤魂，鈴子被淡路之君挑中，成為孝冬的妻子。

「鈴子見過叔公。」鈴子乖乖低頭行禮，她對吉衛有些話不吐不快，但也沒必要初次見面就頂撞老人家，招來反感。更何況，她得顧及孝冬的立場。

吉衛默默打量鈴子，扭頭不再理人。在那短暫的一瞬間，他似乎皺起了眉頭，鈴子也不曉得吉衛的表情是什麼意思。

「咱還有事要辦，先走一步啦。孝冬，待會兒記得去神社一趟。」

「吉繼叔叔在那裡嗎？」

「沒錯，幹雄和富貴子在宅子裡。」

孝冬事前有對鈴子說過，吉繼是吉衛的兒子，幹雄和富貴子則是吉繼的子女。

「咱去啦。」

一行人千里迢迢來到此地，吉衛轉身就走，也沒句慰勞的話。傭人看他撐著拐杖步履蹣跚，趕緊過來攙扶，吉衛卻厭煩地趕走那名傭人。最後他搭上人力車，離開了港口。鈴子以為淡路島還沒有汽車，但孝冬說，叔公只是討厭汽車罷了。一輛車子開到夫妻倆旁邊，孝冬打開車門，那是花菱家的座車。

孝冬請鈴子上車，鈴子坐上後座，孝冬也坐到她身旁。

「其實用走的很快就到了，但天氣這麼熱，妳舟車勞頓也累了吧。」

鈴子望向窗外，想看看鷹嬸的狀況如何。鷹嬸一到陸地上就恢復元氣了，還把鈴子的衣物和行李搬到手推車上。

「叔公雖然是那副德性，但幹雄先生和富貴子小姐挺友善的，不用緊張沒關係。而且，叔公剛才那樣已經收斂很多了，大概不好意思在妳面前發飆吧。」

鈴子端詳孝冬的表情，他面帶微笑，眼神中卻透著一絲疲倦。

「……我不覺得自己走了霉運。」

鈴子有感而發，卻剛好被窗外的風聲蓋過。

孝冬轉身問鈴子。「嗯？妳剛才說什麼？」

「你叔公說，我走了霉運才會嫁給你。不過，我不認為自己走了霉運，也不需要他可憐我，我只是想告訴你這一點。」

依照孝冬的個性，那些話他一定耿耿於懷。鈴子被花菱家的惡業纏上，讓他非常自責，這些小事情他很容易放在心上。別人怎麼嫌棄他，他都可以當成耳邊風，但一扯上鈴子他就想不開了。

「不先跟你說清楚，你在淡路島的這段期間，又會鑽牛角尖吧。」

孝冬的苦笑中，夾雜靦腆的表情。

「這下可好，妳的千里眼神通越來越敏銳了呢。」

花菱的分家位在三原的高地，車子開入蜿蜒的坡道後，視野豁然開朗。附近一帶都是花菱家的土地，據說分家是淡路島的大地主，除了這片高地以外，還有其他土地。

四周的民房都是茅草屋頂，因此花菱家的瓦房看起來格外氣派。用來遮風的樹籬也修整得十分整齊，宅院的後方有高大的松樹和柿樹，如同守護神一般昂然挺立。宅院有分正房和偏廂，另外還有置物間和大倉庫。

「偏廂是隱居用的房舍，我們這裡不叫偏廂，而叫『別院』。偏字有偏僻簡陋之意，對這裡的人最好不要用。」

孝冬細心告誡鈴子，不同的鄉土有不同的民情，如果不事先了解一下，可能會在無意中得罪人。

「所以，你叔公在『別院』隱居嘍？」

「是這樣沒錯。」

孝冬又笑著補充道：「不過，實權還是在他手上。」

「那他兒子吉繼先生都沒怨言嗎？」

「吉繼叔叔性情溫和，不是那種會強出頭的人，他反而樂得自在吧。」

鈴子聽了有點不安，萬一吉衛去世了，那該如何是好？

正房的玄關很寬敞，卻有股陰鬱冷清的寒氣，跟涼爽的感覺相去甚遠。大概是因為當家的來了，都沒有人出門相迎的關係吧。

沒多久，房內來了一名婦人，年紀約莫四十多歲，頭上盤著髮髻，長著一張瓜子臉，眼神也不太友善。看起來應該是吉繼的妻子，吉衛的妻子早已過世了。換句話說，花菱家對內的事務是她在管的。

「歡迎二位前來啊。」

婦人用一種很見外的語氣打招呼，行禮的動作也很隨便。語氣和表情中都透露著厭惡，彷彿在看路邊的石頭，或是看到蛇蠍一樣。偏偏那冷漠的神情中，又帶著雍容優雅，想來是在京都出生的吧。

「好久不見了，喜佐嬸嬸。要在您這兒叨擾一段時間了——」

孝冬招呼打到一半，房內又傳來了腳步聲。

「咱還以為是誰來了，原來是孝冬老弟。沒聽說你今天會回來啊，許久未見哪。快快，別杵在那兒，快點進來歇息。對了，你結婚了是吧？恭喜恭喜。」

說話的青年有一副溫和清朗的好嗓音，年紀跟孝冬差不多，或許再大上一點吧。青年體格高大，膚色黝黑健康。為人大剌剌的，沒有高高在上的感覺，表情也很討喜。

「唉唷，這是你老婆？真是大美人啊。」

青年一看到鈴子就笑開懷，鈴子正要打招呼，青年又說話了。

「在下幹雄，樹幹的幹，雄壯的雄。」

青年自我介紹完，轉身面對後方。這時鈴子才發現，他高大的身後還有一個人。

「這位是咱家小妹，富貴子。」

那位叫富貴子的女性，大約二十來歲，跟幹雄一樣身材高䠷，膚色也是健康的小麥色。玲瓏有緻的臉龐，配上一雙斜長的鳳眼，給人很強勢的感覺。幹雄穿的是洋服，也就是襯衫配長褲；富貴子則穿黑色的夏季和服，上頭有銀灰色的條紋。

「還自稱『在下』咧。大哥，你有這麼秀氣？」

富貴子爽快地笑了，強勢的表情笑起來，跟她哥哥一樣討喜。

「有啥關係啊，要不裝得秀氣一點，人家東京小姐被咱們的口氣嚇到怎辦？」

「大哥你一張嘴就嘰喳個沒完，這才嚇人好嗎！」

富貴子最後還用一種隨和的語氣，向鈴子搭話。

「妳是鈴子小姐對吧，咱們早有耳聞。一見面咱家大哥就絮叨個沒完，請見諒啊。」

兄妹二人請鈴子和孝冬進門，鈴子看了孝冬一眼，孝冬笑咪咪地點點頭。剛才孝冬說過這兩個人比較友善，但程度遠遠超乎鈴子想像，讓她十分意外。

至於那個冷淡又無禮的喜佐，不曉得跑哪去了。母親的態度奇差無比，兩個孩子卻完全不一樣。

「幹雄先生呢，可是京都帝大的高材生喔。」

一行人來到客廳，孝冬向鈴子介紹幹雄的經歷，讚美之情溢於言表，不像客套話。

幹雄害臊地抓抓頭說：「孝冬老弟比咱聰明多了，這讚美咱聽了多不好意思啊。」

「就是啊，咱大哥只讀自己感興趣的，好幾次都差點留級呢。」

富貴子實話實說，沒在替大哥留面子的。可能是淡路島的民情如此，或家風使然吧。島上吹來的涼風清爽又舒適。

「幹雄先生對什麼學問感興趣呢？」

鈴子吃著兄妹招待的水羊羹，好奇提問。

「就史學方面的學問唄，尤其淡路島的鄉土史，咱一直很感興趣。」

幹雄也津津有味地吃著水羊羹。

「回來後，就專門研究這邊的鄉土史。過去藩政時代，淡路也出過幾部鄉土誌。」

「鄉土誌……這樣啊。」

原來還有這種東西，不知道能否查出花菱家和淡路之君的底細。這麼隱密的事情，應該不會記載在鄉土史料上吧。

——希望這段日子，可以查出一點淡路之君的內情。

鈴子和孝冬決心要祛除淡路之君。淡路之君本來也是花菱家的人，死後卻化為冤魂，吞食其他的亡靈。

據說，當家的必須餵養淡路之君，否則一家人都會死於非命，這是一個糾纏花菱家已久的冤魂。此番來淡路島舉辦神事，鈴子想趁機找到祛除淡路之君的線索。

「你見過咱爺爺了吧？年紀大的人很在意那些禮數，不先跟他老人家打聲招呼，可是會挨罵的。」

孝冬苦笑頷首。

「有，已經見過了。他特地來港口接我們，還穿得很正式呢。」

「哈哈，還真卯足了勁啊。你別看爺爺那樣——」

話才說到一半，玄關傳來叔公大聲吆喝的聲音，鈴子和在場眾人都被嚇到了。

「孝冬！孝冬，快過來！」

孝冬趕緊起身前往玄關，鈴子緊隨在後，幹雄和富貴子也跟上去瞧個究竟。

「怎麼了，叔公？」

「慢吞吞的，搞啥呢。」

吉衛氣沖沖地瞪視孝冬，接著又看到幹雄來了，一臉訝異地問道。

「咋了？幹雄也在啊？」

「大伙剛碰面，就一起喝茶聊聊天唄。」

「哼，有啥好聊呀。」

吉衛完全不感興趣，他看了身旁一眼，旁邊還有一位老翁。老翁打扮得乾淨得體，身上還穿著輕薄透氣的高級和服，顯然有一定的身分地位。

「這人呢，是伊元村的——也罷，講村名你也不懂。總之是鄰近的村長，本來也是那一帶的地方官。他說村中有事要找你幫忙，咱就帶他過來了，你聽聽唄。」吉衛自顧自地一股腦兒全部說完。

「明白了。」

孝冬也不多問，和顏悅色地答應了。吉衛皺起眉頭，滿臉不悅。

「爺爺啊，人家孝冬老弟才剛到，早累壞了。你好歹先說一說，要他幫啥忙嘛。」

「幹雄這兒沒你的事。人家會來拜託花菱家的當家，還能有啥事啊？」

吉衛厲聲吩咐完，就快步走出玄關了。

會來拜託花菱家的當家處理，也沒其他可能了——想必是要驅邪吧。村長偷偷觀察孝冬等人的反應，侷促不安地搓著手帕。

孝冬把村長帶到客廳，先閒話家常一番，緩解村長緊張的情緒。孝冬稱讚淡路的美景，關心對方的近況，順便聊起東京。鈴子很佩服孝冬，商人的應對進退實在了不起。

眼見村長放鬆下來了，孝冬切入正題。

「那麼，村長有何困難呢？」

「唉，咱們實在束手無策，這才來拜託花菱大爺──」

「這麼說來，村中鬧鬼嘍？」

「呃呃，該怎麼說呢……」

「是不是鬧鬼，你們也不敢肯定？」

「正是。就聽得到奇怪的聲音，咱也聽到了。」

村長似乎想起了靈異現象，臉色發青。

「弁天大人出聲了，還不是普通的聲音，是啜泣聲啊。」

「弁天大人……這一帶有祭祀弁財天的神社嗎？我印象中沒有啊。」

「對啦，確實沒有神社，是咱們自己有供奉弁天大人的神像。弁天大人是水神嘛，蓄水池的堤防上就供了一尊。」

「啊啊！原來如此。」孝冬聽明白了。

「所以您的意思是，那尊弁天神像在哭泣？」

「對、對，就是那樣。咱村裡的人怕得要死，擔心是神明降罪呢。」

村長激動地湊上前，孝冬卻面有難色地陷入沉思。

「如果不是鬧鬼，而是神靈降罪，那我也幫不上忙啊。」

「咦咦？不是吧？」

淡路之君只吃鬼魂不吃神靈，也不吃報應這種無形無相的玩意。

「凡人是沒辦法對付神明的，不過獻上祈禱安撫神明，也是我們的職責所在。替您祈禱是沒問題的，但我想你們已經試過了吧？」

「那是當然，老早就試了。咱去求過在地的守護神，也拜託寺廟做經懺，連行者和巫女都找遍了，哭聲還是沒消停啊。」

村長低頭嘆息，似乎真的非常困擾。身為地方名士，孝冬也沒法用一句無能為力打發人家離開。於是，他想到了另外一個問題。

「弁天大人為何會哭泣，你們有頭緒嗎？」

村長表情扭曲，慚愧地低下頭說。

「唉，確實是有啊，咱也知道弁天大人哭泣的原因。約莫半年前，弁天大人的神像被破壞過。」

「被破壞過？」

「就村裡的小伙，喝醉酒弄壞的。」

小伙？——鈴子心想，應該是指年輕人吧。

「那是一尊石造的神像，被人推倒在地，顏面的部分缺了一角。咱村子的人發現神像被推倒，都嚇破了膽啊。弁天大人是蓄水池的守護神，萬一水乾涸了那可不得了。」

鈴子從小生長在淺草貧民區，被接回侯爵家扶養，也沒經歷過鄉下的生活。因此，她理解水源對農村的重要性，但沒有切身的體會。

「咱淡路島氣候多旱，所以有不少蓄水池。」幹雄悄悄對一旁的鈴子解釋。

孝冬和村長面對面坐在一起，鈴子、幹雄和富貴子則坐在客廳的角落，以免打擾到兩人對話。

「石像倒地後，你們就聽到哭聲了？」

孝冬向村長打探詳情。

「這——好像也不大對，弁天大人沒有馬上發出哭聲。弄壞神像的小伙失蹤以後，才開始有哭聲的。」

「有人失蹤了？」

「就某天忽然不見人影，村民說肯定是被弁天大人抓走了。依咱的看法，應該是逃到別的地方去了。」

「弄壞神像才跑的嗎？」

「這，大概是被拾掇的關係唄。」

「拾掇……？」

這座島上的人說的話，有時候真讓人聽不懂。別說鈴子不懂了，孝冬似乎也是頭一次聽到這個說法。

「該怎麼說呢，就——」

「受罰的意思唄。」

幹雄跳出來幫村長解釋。

「咱們都說『拾掇』，就是處罰和懲治的意思，是村裡特殊的罰則。」

「被全村排擠是嗎？」

「那也是罰則之一，但那是最重的罰則不是？」

幹雄反過來請教村長，村長點點頭說。

「通常是脖子上掛草鞋，在村裡繞一圈，或是穿著正裝，挨家挨戶去賠罪。差不多就這樣唄，就算被全村排擠，只要拿著酒去拜託長輩說情，咱們也就不追究了。偏偏……」

村長臉色一沉，說道：「那兔崽子實在不學好啊，從小性情頑劣，怎麼教都教不會，成天想著偷雞摸狗。可是同輩的又很欣賞他，弄壞弁天像以後，還想嫁禍給其他人。結果一下就穿幫了，被全村人圍剿攻訐。」

據說，那個人也沒向村民賠罪，就這麼跑了。

「也不知道那小子在哪兒打混……唉，咱也不是擔心他，只是——」

村長一句話剛到嘴邊，趕緊又吞了回去。

「呃呃……嗯。」

村長乾咳一聲，繼續說道。

「只是，重點還是弁天大人嘛。弁天大人哭聲不止，村裡的人都很困擾，不曉得該如何是好啊？」

「你們有修復弁天大人的神像嗎？」

「顏面缺了一角，咱們也沒法處理，換一座新的神像唄，也不知道是好是壞。」

「除了聽到哭聲以外，還有其他怪異的事情嗎？」

「喔喔！這倒沒有。」

孝冬雙手環胸，盯著榻榻米沉思。

「那好，我去村裡叨擾一下，順便看看那尊弁天像吧。」

「喔喔，此話當真？」

村長雙手撐在榻榻米上，探出身子說道：「那真是太好了，咱村裡的人也能安心啦。」

「先說，我不確定能幫上忙喔。」

「您肯來咱們就感恩戴德啦，沒二話。」

村長低頭致謝，就只差沒對孝冬磕頭了。村長臨走之前說，傍晚時分他會再來一趟，據說弁天像都是入夜才啜泣的。

「妳怎麼看，鈴子小姐？」

村長回去後，孝冬徵求鈴子的看法，鈴子也說不出個所以然。

「光聽剛才的話，實在難以判斷……不實際去看一看，也無法肯定弁天像是不是真的在哭泣啊。」

「沒錯，我在意的就是這一點。」

「此話怎講啊？」富貴子也插上話了。

「也許村民只是把鳥獸的聲音聽成哭聲罷了，也有可能是惡作劇啊。」

「喔喔，這樣啊，整天疑神疑鬼的，還真有可能聽錯。」

弁天神像被自家人弄壞了，村民害怕遭報應，有可能把鳥獸的聲音聽成哭聲。

「咱聽過類似的傳說，跟哭聲不太一樣就是了。」

幹雄也表示意見了，他說：「有病人聽到三昧發出哀怨的叫喚聲，就翹辮子了。鄉土誌上說的，騙不了人。」

鈴子不懂什麼是「三昧」，孝冬解釋道。

「三昧呢，就是埋葬用的墳墓。」

「埋葬用的墳墓？」

「淡路島多半採雙墓制，埋葬用的墳墓和祭拜用的墳墓是分開的。」

鈴子頗感意外，淡路島有太多她不知道的事情了。

「唉唷，大哥你也行行好，別講這麼可怕的玩意行不？」

富貴子皺起眉頭抱怨。

「咱的意思是，有這樣的傳說，村民聽到哭聲怕有報應，也無可厚非嘛。孝冬老弟肯去一趟，村民內心也踏實點。話說，你們從東京大老遠跑來，也累了吧？不礙事嗎？」

「我們有先在神戶休息一晚。」

搭船來淡路島之前，孝冬等人先在神戶休息了一天。畢竟鈴子不習慣長途旅行，這是孝冬的貼心安排。

「別勉強啊，孝冬老弟從以前就這樣，太顧慮別人感受啦。」

「就是，學學咱大哥，率性而為多好啊。」

這對兄妹是真心關懷孝冬，鈴子總算放心了，原來孝冬身旁，也有充滿溫情的好人。一想到孝冬從小承受了多少委屈辛酸，鈴子的心就很難受。現在知道家族裡有人對他好，鈴子也看到了救贖。

在村長來迎接之前，鈴子和孝冬決定先造訪花菱家的島神神社，一方面也是不想打擾鷹孋他們整頓室內、安置行李。

神社就在宅院附近的海角上，孝冬和鈴子搭車前往，開車的同樣是來港口接他們的那位司機，名叫副島。副島受雇於花菱家有幾年時間了。年紀三十多歲，舉止恭謹有禮，但沉默寡言，從不主動開口，常常會忘記他的存在。

「說到弁天大人，淡路島有個習俗叫『弁天迴』。」

鈴子欣賞窗外景致，感覺挺新鮮的。孝冬談起了弁天，她轉頭問道。

「弁天迴……？弁天大人轉圈圈是嗎？」

鈴子腦海中，浮現弁天神像轉圈圈的畫面，孝冬笑著對她說。

「我大概知道妳在想什麼，但這個『迴』不是迴轉，而是巡迴的意思。島內有真言宗❷的信眾組成的村落，各村落要輪流供奉弁天大人，保管弁天大人的神像掛軸。那是高野山賜下的珍貴掛軸，當年度負責供奉的村落，要在入口處搭建一座長青樹建成的鳥居，神轎也要在村內繞一圈，由全村人誠心供奉弁天大人。這本來是真言宗管轄的祭典，但從內容來看屬於神社信仰。」

「兩種信仰混合在一起就對了？」

鈴子想起孝冬說過的神道知識，提了這麼一個問題。

「沒錯，真言宗的寺廟在島上占絕大多數，也代表真言宗自古以來積極傳教。各方土地神的神社中，也有真言宗的別當寺。」

孝冬還不忘補充，所謂的別當寺，就是附設在神社中，負責管理神社的寺廟。

「藩政體制下的佛教，擁有很大的影響力，神社由寺廟掌管。但到了明治時代，別當寺

❷真言宗：日本佛教主要宗派之一，密宗的一種，最早起源於印度佛教，四世紀流傳於中國，又由惠通傳入朝鮮半島，稱為「東密」。

的制度就被廢除了。」

「把神道和佛道分開的政策……」

當年明治政府下達了那樣的命令。

「沒錯，淡路島的鄉社❸，多半由大國隆正的門生擔任神職——」

「那是誰啊？」

「津和野藩❹的國學學者，國學在津和野藩十分盛行，藩內在幕府時代就已經實施神佛分離的政策，統一神社的祭祀活動。明治維新以後，政府實行的神道政策，其實就是仿效津和野藩的做法。明治初期，大國隆正❺和他的學生福羽美靜，被任命為神祇事務局的權判事，他們的思想也反映在神社的政務上。大國隆正的門人被派到淡路島，代表在明治初期，淡路島的神佛分離執行得很徹底。比方說，諭鶴羽權現就被分為神社和寺廟，寺廟也被移到了山腳下。」

孝冬說，「弁天迴」這個祭典也同受餘殃。

「弁天被當成了古來的市杵島姬命❻，管理權從寺廟移交到了嚴島神社手中。可是，這種做法引起了極大的反彈，縣政府才急忙下達通告，讓村民按照往年的慣例，舉行弁天迴的祭典。」

「強行改變體制，也得不到民心歸向。跟山王權現、神田明神的例子一樣嘛。」

孝冬莞爾。「沒錯，虧妳記得呢。」

這樣的互動好像老師和學生一樣，鈴子覺得有些好笑。

山王權現被改為日枝神社，神田明神的祭祀主神甚至被換掉，成了神田神社。然而，人們依舊稱日枝神社「山王大人」，神田神社原本的祭祀主神，被遷到了境內的小神社，香火卻比新的祭祀主神更加興旺。孝冬說過，信仰就是這麼一回事。

「我記得你之前說，政府決定把神道當成祭祀，而非宗教——」

老實說，鈴子不懂這是什麼道理。不過，將神社制式化，把小型神社或默默無名的神社整合廢除，她對這樣的做法不敢苟同。

「就算不當成宗教，那依舊是人民的信仰。改變原有的神事祭典，換掉祭祀的主神，將

❸鄉社：神社的等次，位於縣社之下，村社之上。
❹津和野藩：江戶時代位於石見國津和野（島根縣鹿足郡津和野町）一帶的藩，藩廳位於津和野城。
❺大國隆正：日本江戶幕府末年．明治維新期間的國學學者、神道家。
❻市杵島姬命：日本神話裡的天照大神和素戔嗚尊舉行誓約儀式所產生的三位女神（俗稱宗像三女神）之一，別名狹依毘賣命或狹依姬命。

好幾個神社合併為一，甚至廢除……這不是太過蠻橫了嗎？」

孝冬一時無語，視線瞟向窗外。

「我大哥也說過同樣的話，對此深感苦惱。」

孝冬的大哥在六年前自殺身亡，被送去當養子的孝冬會回到花菱家，也是這個原故。每次談起他大哥，孝冬和鈴子都會斟酌用詞。六年前——鈴子在淺草貧民區，曾和幾個沒有血緣關係的人一起生活，那些人跟她情同家族，卻在那一年被持有「松印」的華族殘忍殺害了。孝冬的大哥用的正是松印，這個共通點讓孝冬惶恐不已，深怕大哥是殺人凶手。鈴子無法消除他的恐懼，但孝冬並不是他大哥，兩者不該混為一談。

「啊……是鳥居。」

鈴子靠向窗邊，喃喃自語。茂密的樹林前方，有一座鳥居。

「那就是島神神社。」

孝冬的語氣活潑，一掃方才的陰鬱。

「看上去年代久遠對吧。」

的確，不必近看就知道那是一座年代久遠的木造鳥居，想必歷史非常悠久。

「等妳到神社境內會更驚訝，因為這純粹是一座古老的小神社。」

「不過，這是領受皇室幣帛的官幣社吧？」

「所以才令人意外啊。」

車子開上狹長的坡道，在鳥居前方停了下來。鳥居近看雖然老舊，卻有一股時間沉澱出來的威嚴。兩人下車站在鳥居前，蟬鳴聲不絕於耳，充斥著與世俗喧囂無緣的寧靜。

「請吧。」孝冬牽起鈴子的手，帶她穿越鳥居。

神社境內林蔭蔽天，舒適涼爽。鈴子的第一個感想是，真是個小巧別緻的神社，腹地並不寬廣，祭祀殿堂都在正面，旁邊有一間社務所。前方是供人參拜的拜殿，正殿應該在後方，從這裡看不到，整座神社乍看之下老舊又樸素，反而更顯莊嚴。

神社境內杳無人煙，蟬鳴聲中隱約聽得到浪濤聲。鈴子還不熟悉這邊的地理環境，孝冬說神社位在海角，那麼大海就在不遠處嘍。

「先跟吉繼叔叔打聲招呼，我再帶妳參觀。」

孝冬前往社務所，鈴子也跟在後頭。社務所也不大，就是一棟木造的小平房，打開拉門一看，裡面跟普通民宅差不多。

「抱歉叨擾了，吉繼叔叔在嗎？」

孝冬剛開口，旁邊的拉門就打開了。穿著白衣及和服褲裙的男子站在門內，年紀應該五十多歲，臉色有點蒼白，還戴著一副眼鏡。

「喔喔……是你啊，你今兒個回來？」

男子講話時只有嘴邊的鬍子在動，聲音也是有氣無力。鈴子很意外，這就是那個幹雄的父親？父子倆的身材一樣高大，兒子膚色黝黑健康，父親則消瘦蒼白、眼窩凹陷，給人不太健康的印象。

「爹要你來一趟是吧？辛苦啦，你回去無妨。」

幹雄的父親輕聲細語，每個字都說得很慢，彷彿講話對他來說是一件很累的事情。

「我想先帶妻子參觀一下再回去。」

吉繼聽了這句話，才動動眼珠看著鈴子。

「啊啊！這樣嗎？就是她被淡路之君看上了？」

吉繼的眼神中，有濃厚的憐憫和同情。

「真夠嗆啊。」

吉繼輕嘆一口氣，鈴子都還來不及打招呼，他就關上拉門了。鈴子愣愣地看著拉門，孝冬拍拍她的肩膀，帶她到外頭。

「莫名其妙的一個人對吧？」孝冬面露苦笑。

「那個人跟鰻魚很像呢。」

鈴子說出自己的感想。

「鰻魚？」

「感覺滑溜溜的，難以捉摸……」

鈴子形容得很妙，孝冬也被逗笑了。

孝冬帶著鈴子，往祭祀的殿堂走去。走過樹林，視野一片明朗，開闊的藍天近在眼前，浪濤聲比剛才更近了。

「前方是懸崖，千萬不要靠近，這裡地勢也不太平整，要小心。」

孝冬牽起鈴子的手。

「過去呢，祭祀的殿堂蓋在離懸崖更近的地方。可是，這裡自古以來是海上要衝，船隻往來頻繁，信徒怕驚擾到神明，就改建到內地了。」

「有神諭指示嗎？」

「這就不曉得了。神諭這種東西呢，也不是很常見的，當然八幡神例外。通常是人類看到某些示現，就擅自當成神諭了。」

「就好比弁天大人哭泣，村民怕有報應……是這樣嗎？」

「喔喔，妳說得對。事實上，神意所向凡人也無從得知就是了。」

鈴子望著寬廣的天空，心中想到淡路之君。

——淡路之君到底有沒有詛咒花菱家的人，這誰也說不準。

淡路之君附在花菱家的當家身上，尋求餵養應該是不爭的事實。不過，不餵養淡路之君就會死於非命，這到底是真是假也無從得知。孝冬的祖父母、父母和兄長都死了，但也不一定是淡路之君咒死的。

「這座神社有供人參拜的殿堂，但神體不在這裡。應該說，整座島嶼都是神體。」

「整座島嶼都是？」

「對，人們崇拜的對象是島嶼。很多古老的神社都這樣，把大石頭、山脈和島嶼當成神體來崇拜。」

鈴子恍然大悟，俯視腳下的土地。

「神社的起源和族譜之類的東西，就在那邊的倉庫裡。」

孝冬轉向身後，指著社務所後邊的倉庫。

「鑰匙由叔公保管，我也沒法自由出入。」

「你是當家，還是宮司不是嗎？」

「神社的事務都交給叔公打理，況且我人不在這裡，也沒什麼話語權。叔公人脈廣，是這一帶有頭有臉的人物。」

換句話說，最好不要得罪吉衛，這也是孝冬順從吉衛的原因之一吧。正確來說，孝冬是在賣吉衛面子。

「鈴子小姐，這些事妳不必放在心上。其實叔公和吉繼叔叔，都很同情被淡路之君挑上的媳婦。」

鈴子好奇的是，他們也一樣同情孝冬的母親嗎？這個疑問她並沒有說出口，畢竟眼下是在閒聊對談，這麼沉重的話題不適合拿來聊天。

「……那邊有什麼東西嗎？」

鈴子轉移視線，發現樹林間有一條小徑，樹與樹之間還繫著標繩，不許閒雜人等進入。

鈴子猜想是不是有什麼小祠堂，孝冬說：「那邊有下去懸崖的路徑。」

「懸崖下……可以下到海岸？」

「下面沒有海岸，只有洞窟。退潮時才去得了，附近又有岩礁，船隻無法靠近。」

「洞窟——」

孝冬低下頭，神情落寞。

「據說，淡路之君的遺骸就是漂到那裡，我父母的遺體也是在那兒找到的。」

鈴子聞言一驚，抬起頭看著孝冬。

「撫慰淡路之君的神事，就在那兒舉行。」

孝冬的神情黯淡，也失了幾分血色。

現在並非退潮時期，也沒法前往洞窟。鈴子聽從孝冬的建議，決定搭車到鎮上繞一圈再回去。

「淡路島是伊弉諾和伊弉冉❼最初創生的島嶼，這是《古事記》和《日本書紀》上確實有的記載。」

兩人走回鳥居搭車，孝冬半路上談了另一個話題。

「難道是記載有誤嗎？」

孝冬的說法似乎留了伏筆，鈴子才有此一問。

「呃呃，也不能說記載有誤……但實情也不好大聲張揚。」

孝冬面帶苦笑，似乎難以啟齒。

「我之前也說過，伊弉諾是花菱家的祖神，嚴格來講是淡路島所有海人崇拜的祖神。光看《古事記》和《日本書紀》，就能了解淡路島和伊弉諾有很深的淵源。照常理推斷，淡路島的創生神話，是淡路島的海人留傳下來的故事。後來這些人和朝廷攀上關係，並且歸順於朝廷，朝廷也將這個神話納為己用，代表當年天皇和淡路島也大有關聯。」

孝冬停下腳步，湊近鈴子悄聲說道：「只不過，現在伊弉諾被當成皇祖神❽天照的父神，所以這種說法犯了大忌。我在外面也不敢亂講，只跟大哥還有幹雄先生聊過而已。」

「幹雄先生也聊這個？」

「那是他的專長，比我還熟呢。」

兩人坐上車，孝冬請副島在鎮上繞一圈。

車子發動後，孝冬再次說道：「我被送去當養子後，也有跟大哥還有幹雄先生交流。但這邊的分家，我不常親近就是了。」

孝冬輕笑兩聲，窗外吹來的海風，一併吹散了他的笑聲。

❼伊弉冉：伊奘諾的妹妹同時也為妻子。

❽皇祖神：皇室祖先神。

「想必是很愉快的交流吧。」

「對啊，真的很愉快。」

孝冬望著窗外，稍稍瞇起眼睛，似在緬懷當年的光景。

「……這一帶教派神道❾的教會也變多了呢。」

孝冬這句話是對副島說的，副島隔了一拍才回答。

「是的，去年金光教的教會好像成立了。」

「叔公沒反對嗎？」

「這我就不清楚了。」

「啊啊！對了，叔公不搭車子的。」

「那位大人說，搭車子渾身不自在。」

「搭人力車很顛簸，那才不自在吧。」

副島微微一笑，笑得很含蓄。

鈴子望向窗外，看不出哪棟建築物是教會，仔細找可能有什麼看板或旗幟吧。鈴子凝神觀察四周，鎮上幾乎沒有東京那樣的洋風建築，頂多偶有幾棟洋館，也許是銀行或公家機關之類的吧。

大馬路上的商家，多半是木造的日式建築，來往的小販和路人，都穿著麻料或木棉的和服，一派悠閒自在。

「去港口附近可以欣賞到漁村景致，這一帶還是市鎮區域。」

鈴子正要應聲附和，卻發出了驚詫的聲音。

「啊——停一下車可好？」

副島不疑有他，把車子停靠在路邊。

「怎麼了嗎？」

「沒有……」

鈴子注意到一間平房，上面沒有看板。但門口有掛一塊白色布簾，上面有三個黑色的火焰印記。下二上一的排列方式，這是教派神道旗下的新興宗教，燈火教的印記。

——連這種地方都有……

看來燈火教的勢力範圍，遠遠超出他們的想像。

---

❾教派神道：明治時代從大教院、神道事務局分派獨立，受到公認的神道系宗教團體之總稱。

「那是燈火教的教會嗎？」

孝冬也注意到那一塊白布，請教在地的副島，副島點點頭說。

「對，好像是叫燈火教沒錯。」

「……可以了，開車吧。」

車子再次行進，鈴子心中有種難以言喻的不安。

回到花菱家，夫妻二人在玄關前碰到喜佐。喜佐換了一套衣服，輕薄透氣的夏季和服上有華麗的芙蓉花紋，外面再配上一件黑色的羽織，看這身裝扮，大概是要出門吧。

鈴子和孝冬走向玄關，喜佐也不理人，直接小跑步到車邊。

「咱想去買點東西，卻沒車可用，這不吃了一驚嗎？副島先生，你是咱家的司機，沒知會一聲就跑出去，咱可頭疼了。」

喜佐厲聲責備副島，副島侷促不安。鈴子心想，是我們夫妻倆用的車，有怨言不會直接對我們說嗎？

「不好意思，喜佐嬸，忘了跟妳說我們要用車。」

孝冬向喜佐道歉，喜佐卻連理都不理。副島幫喜佐打開車門，喜佐逕自坐了進去，還故意冷嘲熱諷說給孝冬聽。

「唉唷，真是晦氣，畜生道的染汙都沾上咱的衣服了……」

鈴子一時聽不懂這句話是什麼意思，但語氣明顯有侮蔑的意思。就在她要衝上去找喜佐理論時，孝冬抓住了她的手。

「沒關係，鈴子小姐。」

鈴子抬頭看孝冬的表情，他臉上只浮現困擾的神色。這一耽擱，司機便發動車子開離了宅院。

「神道和佛教都有所謂的染汙，但畜生道是佛教的東西。神社家族的人講這種話，可是神佛不分哪。」

孝冬說完這段話，自己還笑了。畜生道——乃是違背人倫的人所受的果報，也暗指近親之間發生性關係的人。

鈴子終於明白喜佐在嘲弄孝冬的身世，氣得渾身發抖。孝冬的祖父和他的生母並無血緣關係，但兩人是媳婦和公公，而且還不是你情我願的關係。

鈴子氣到說不出話來，怎麼會有人刻意挑這種尖酸刻薄的話，對著當事人說出口呢？喜佐的惡意，讓鈴子寒毛直豎。

「妳沒事吧，鈴子小姐？看妳氣色不太好。」

夫妻二人面面相覷，看不出孝冬有受傷的感覺。或許那種言語上的暴力，他早就習以為常了吧。

——太可恨了。

憤怒和悔恨的情緒，在鈴子心中翻騰，這未免太過分了。要不是那些人動輒侮辱孝冬，孝冬也不會如此習慣吧？鈴子好氣憤，現在也想追上那輛車子罵上幾句。

她反覆深呼吸，看著孝冬的眼睛說道：「我先說清楚。」

「嗯？」孝冬愣了一會兒。

「下次她敢再對你無禮，我一定甩她一巴掌。」

「咦……？」

孝冬的臉頰抽搐了。

「呃呃……鈴子小姐，其實用不著生氣啊——」

「你應該生氣的。你試著想像一下，如果今天是我被別人這樣侮辱，你做何感想？你還會說用不著生氣嗎？」

「怎麼會呢。」

「那你明白我的意思了吧。看你被人侮辱，我很生氣。」

孝冬深情注視鈴子。

「鈴子小姐，這代表妳對我的情意，跟我對妳的情意是一樣的嘍？」

鈴子疑惑皺眉。

「你在說什麼？我現在不是在說這個。」

「可是，鈴子小姐——」

這時，一旁傳來笑聲，鈴子和孝冬同時往聲音傳來的方向望去，是幹雄和富貴子打開拉門現身了。

「哎呀，失敬失敬，也不曉得該不該打擾二位。」

幹雄笑咪咪地，身體前仰後合。

「瞧你們感情這麼好，好事一件啊。」

「就是，咱家老母說話欺負人，咱代她賠不是啦。」

富貴子向孝冬道歉。

「那人啊，受不了咱是分家。京都的名門大小姐嘛，不甘屈居人後啦。說是名門，其實也就沒落名門，還不是看上這兒有錢才嫁過來的。」

富貴子對母親也沒在客氣的，鈴子大感意外，富貴子露出詼諧的笑容說道：「咱跟自家老母一樣，個性不好。」

「孝冬老弟，遇到那種事情是該生氣啦，你看人家鈴子小姐多正氣凜然啊。」

幹雄臉上的笑容親切依舊。

「很棒的兄妹對吧？」

孝冬表現出愉快的神情，鈴子沉默以對，沒表示意見。

黃昏時分，村長來接孝冬了。鈴子和孝冬早已吃完晚飯，晚餐有各式豪華海鮮，鈴子大飽口福。

村長是搭人力車來的，孝冬請村長坐上花菱家的車子，自己和鈴子也搭車前往村落。夕陽沉入海面的美景，從高地上一覽無遺，夕陽彷彿融入大海中，陰暗的海面也被照得通紅，美得讓人說不出話來。

太陽西沉後天很快就黑了，一行人抵達村落時，深藍色的夜空中已有稀疏的明星。村長點亮燈籠，在前頭帶路。村中沒有路燈，黑暗中隱約可見大片的農田，孝冬牽著鈴子的手走在農道上。

鈴子還是頭一次走這麼陰暗的夜路，東京有街燈和尋歡作樂的花街，儼然是一座不夜城，入夜也是燈火通明。

農道兩旁的田地傳來蟲鳴聲，東京也有小販會賣些叫聲清脆的小蟲，但這裡的蟲鳴聲實在太響亮了。響亮歸響亮，也不到吵雜的地步，而是充滿一種獨特的風情。黑暗中聞得到生機盎然的綠意，平常聞慣的薰香味，幾乎被大自然的氣味蓋過了。

穿過樹林就是蓄水池了，孝冬和鈴子一走上小山丘，對面就是蓄水池。村長停下腳步，手中的燈火搖曳，原來是拿著燈籠的手在發抖。

——還真有怪聲。

有人在哭泣，是細微的啜泣聲，有吸鼻涕、嘆氣，以及哽咽的聲音。村長待在原地不敢亂動，孝冬借用他手上的燈籠，朝聲音傳來的方向前進。孝冬一手提著燈籠，一手牽著鈴子，兩人走在蓄水池的堤防上，小心翼翼前進，以免失足落水。

哭聲越來越近了，黑暗中依稀可見一座石像，那就是村長提到的弁天像吧，高度差不多到鈴子的腰部一帶。

孝冬提起燈籠照亮石像。光源中，現出一座手持琵琶的女性石像，秀氣又優美，確實有弁天像的感覺。石像年代久遠，上頭有風吹日曬的痕跡和青苔。左邊的額頭也缺了一角，一看就不是自然磨損，村長說石像有損毀，就是指這個吧。

石像真有哭聲，但鈴子另有疑惑。

——這並不是女性的哭聲啊……

由於哭聲不大，也很難分辨細節，但走近一聽，聽得出是男人的哭聲。

鈴子靠近石像，發現石像後方有一道陰影，她繞過去瞧個仔細，赫然發現異象。有個人蹲踞在石像後面，是個男性，年紀應該不大。男子縮起身子，從背影只看得出這些細節，男子身體顫抖，不斷哭泣。

哭聲是這人發出來的。孝冬用燈光照亮男子，這一照男子的影像就淡化了。

——不是活人。

鈴子看出了這一點，順便向孝冬使了一個眼色，既然是鬼魂，說不定淡路之君會現身。但感覺不到淡路之君有現身的跡象，大概不是她喜歡的鬼魂吧。

鈴子再次觀察那名男子。

「先生……先生？」

鈴子試著攀談，男子全無反應，就只是一股腦兒地哭泣。

「我們先回去吧。」

孝冬決定帶著鈴子，先回村長身邊。村長聽到哭聲，嚇得渾身發抖。

「那不是弁天像發出的哭聲。」

聽了孝冬的說法，村長似乎很意外。

「咦？這、這話是啥意思……？不是明擺著有哭聲嗎？」

「是亡靈在哭。」

村長支支吾吾，如鯁在喉。

「有、有亡靈……是嗎？」

「只要設法驅邪，就不會有哭聲了。總之不是弁天像在哭，你們可以放心。」

孝冬以溫和的笑容安撫村長。

「喔喔……是這樣啊。」

村長眨眨眼睛，情緒比較平穩了。村長害怕的是神明降罪，現在知道是單純的鬧鬼，恐懼的程度也不一樣了吧。

「那咱村裡的人也能安心了唄。話說，您有辦法驅邪嗎？」

孝冬困擾地看向鈴子，淡路之君不肯現身吃鬼，他也沒有其他驅邪的辦法，唯一的辦法是讓那亡靈安息了。

「既然都要幫忙了，那就幫到底吧。」

鈴子決心幫村人一把，孝冬抓抓頭，對村長說：「我們會盡力。」

孝冬答應幫忙，村長額手稱慶。

說實話，孝冬不在意那個鬼魂能否安息。只是，鈴子有心解決這件事，那他二話不說絕對幫到底。

「妳有什麼想法嗎？」

搭車回家的路上，孝冬拋了一個話題給鈴子。

「也稱不上什麼想法。」

鈴子面朝前方，語帶保留，孝冬出神欣賞她美麗的側臉。

「弄壞弁天像的年輕人，不是失蹤了嗎？我很在意那件事，而且那個鬼魂在哭——」

「妳很同情那個鬼魂嗎？」

鈴子瞄了孝冬一眼。

「死掉的人都很可憐的。」

鈴子以平靜的口吻，說出了自己的想法，接著又說：「萬一那鬼魂變成惡靈危害村民怎麼辦？我擔心的是這個。」

「妳認為有危害村民的可能就對了？原來如此。」

鈴子低下頭，又補充了一句。

「我實在很好奇原因，為什麼那個人會哭成那樣？」

「……沒有妳的關懷，亡靈哭泣的理由遲早會被人遺忘，最後煙消雲散對吧。」

當年鈴子的家人被殺時，因為她見了那些亡靈最後一面，這也導致她對亡者和鬼魂特別有同情心。

——持有松印的犯人……

一想到這件事，孝冬的情緒就很低落。照理說，他的大哥不是凶手，大哥不是會殺人的惡人，而且使用松印的華族也大有人在。然而，不安和恐懼感始終揮之不去。

「先向村民打聽打聽那名失蹤的年輕人吧。」

孝冬盡量以輕鬆的口吻，來化解內心的不安。

「也對，但我們畢竟是外人，村民願意把內情告訴我們嗎……」

「這問題就交給村長解決吧，村裡的事情讓村裡的人去打聽就好。」

鈴子點頭同意，反應卻不怎麼熱絡，孝冬觀察鈴子，發現她眼皮都快睜不開了。鈴子一定累壞了吧，這也難怪，從東京千里迢迢來到淡路，途中只在神戶休息一晚，疲勞也是理所當然的。

「想睡就睡沒關係的。」

孝冬一把抱過鈴子，讓她靠在自己肩頭上。鈴子有話想說，卻累到說不出口，沒一會兒就發出酣睡的聲音了。

那溫潤滑嫩的臉頰，長長的睫毛，漂亮的嘴唇，每一樣都是如此清純動人。鈴子睡著時看起來比平時更年幼。不！這才是一個年輕女孩該有的表情吧。鈴子清醒時，眼神一向流露出堅定的意志，孝冬都忘了她還不滿二十歲，她的剛毅和勇氣，帶給孝冬莫大的救贖。

——我以前很討厭來這座島。

老實說，孝冬不願面對叔公和喜佐，跟他們在一起，就好像沉溺在深不見底的水中。感覺自己變得好汙穢，被輕蔑也不足為奇。在陰暗的水中不斷下沉，連呼吸也做不到，是鈴子一把拉起孝冬，讓他想起該怎麼呼吸。

今天喜佐汙辱孝冬，鈴子大為光火，他一想到這件事，臉上多了幾分笑意。驕傲和自尊這一類的東西，在孝冬心中早就蕩然無存了，是鈴子重新賦予他這些東西，讓他死去的心靈活過來。

鈴子給了他寶貴的一切，他也想回報鈴子。就算窮盡畢生的時間去愛鈴子，也難以報答她的恩情吧。可是，孝冬又希望鈴子對他一往情深。他厭倦自己膚淺而深重的情念，看著鈴子熟睡的面容，他有一股想要祈求原諒的衝動。

鈴子換上一套紗羅的綹綢和服，藏青色的布料上有扎染的鳥紋和波紋❿，腰帶也同樣是藍色的，但色彩漸層不一，還有精美的波濤刺繡。腰帶飾品是可愛的鳥形木雕，外頭搭配的綁帶也是亮藍色的，而腰帶內的襯布則是天藍色。水色的半衿假領上，有流水和秋草的刺繡。頭髮上插著一柄裝飾用的小梳子，金屬製的梳子上還鑲有水晶。用來遮掩手背傷痕的蕾絲手套上，也有貝殼的刺繡，這是一套很有海島風情的裝扮。

「鈴子小姐，請幫我挑領帶吧。」

孝冬打開拉門入內。

「老爺啊，夫人還在換裝呢。」

---

❿波紋：和服上的千鳥有兩種意思，一種是千鳥方格紋，一種是鳥紋配上波紋，象徵夫妻共度難關的意思。

行了。

鷹孅說鈴子還在換裝，但也剩沒幾道手續了，再來只要整理好腰帶的內襯，戴上手套就

鈴子迅速整理好腰帶內襯，戴上蕾絲手套，打量孝冬的裝扮。今天孝冬穿的是白色的襯衫和灰色長褲，外頭再加上一件灰藍色的背心，天氣這麼悶熱，他沒穿西裝外套。

「你有藍色領帶吧？就挑藍色的吧。」

「啊啊！妳說那一條。」

孝冬回到隔壁的房間，鈴子也跟了上去。孝冬以熟練的動作，替自己繫上領帶，那條藍色的領帶上，有銀絲的格子紋路。鈴子從珠寶盒裡，拿出水晶的領帶夾和袖扣，替孝冬別上去，這也算是每天的例行公事了。

「去焚香吧。」

「嗯。」

為淡路之君焚香，同樣是每天早上的例行公事。人在外地旅行，焚香的方式跟平常稍有不同，但該做的還是要做。

精美的香爐已經準備好了，就放在壁龕前面。香木一經點燃，輕煙緩緩升起，沒一會兒工夫四周都充滿了香氣，那是一種清冽、深沉，又帶點寂寥的香氣。鈴子閉上眼睛呼吸，將

香氣吸入肺腑中，腦海中浮現淡路之君的身影。

——妳為什麼會變成冤魂呢？

要是問了有答案，那該多好。據說，淡路之君是在進貢香木的半道上遭到殺害的，可能是海盜下的毒手，或是慘遭朝廷背叛。為什麼她不去找海盜或朝廷報復，而是詛咒花菱一族，以鬼魂為食呢？

香煙逐漸散去，鈴子張開眼睛。

「這兩天好好休息吧。」

這話是孝冬說的，神事預計在後天舉行，夫妻二人要到洞窟焚香。

「那弁天像的事情怎麼辦？」

「我本來想去拜託村長，請村長調查那名逃跑的青年。但由良說他願意代勞，我就請他跑一趟了。」

「由良？」

「我打算給由良和阿若放個假，讓他們回花祥育幼院探望一下。」

花祥育幼院是花菱家經營的孤兒院，由良和阿若都是育幼院栽培成人的。

「結果由良說他不需要放假，還問我有沒有什麼工作可做，我就拜託他打聽消息了。」

「原來是這樣……那阿若呢？」

「阿若想去的話，讓她放個假也好——啊啊！前提是要妳同意。」

「當然沒問題，我有鷹孀在就好。」

鈴子立刻起身，找來在隔壁房間整理衣飾的阿若。鈴子告訴她，可以放個假好好休息，阿若聽了喜笑顏開。

「那我去探望花祥育幼院的院長，還有以前的朋友嘍。」

鈴子給了她一點錢，讓她買一些伴手禮回去。

「鷹孀，妳在這邊也沒什麼好做的，不如去島上觀光吧。」

「也是啦，夫人在這邊總有老爺相伴嘛。」

鷹孀笑著說，她想去港口看看。

確實，來淡路島最大的不同是，孝冬不需要工作，夫妻倆幾乎無時無刻不在一起，跟在度蜜月那時候一樣。

「希望你也能好好休息啊。」

鈴子這番話是對孝冬說的，孝冬不解反問。

「什麼意思啊？」

「整天跟我在一起，怕你太悶。」

「怎麼會呢？妳跟我在一起會悶嗎？」

孝冬的表情變得有些慌張。

「不會，我還不熟悉這裡的環境，你肯陪我那是再好不過。」

鈴子對淡路島和花菱分家的事情完全不清楚，沒有人相伴實在難以安心。

孝冬安心地笑了。「是嗎？那就好。」

過了一會兒，女傭來叫兩人吃早飯。鈴子和孝冬前往和室用餐，幹雄、吉繼和喜佐已經就座了。鈴子和孝冬到場後，富貴子打著哈欠前來，叔公吉衛也慢吞吞地到了。

家中傭人送來早飯，一大早就有豪華的鯛魚生魚片、醬佐魚泥，還有加了酸梅的汆燙海鰻。吃飯時不說話似乎是分家的規矩，大伙默默用餐，凝重的氣氛仍不影響飯菜的美味。

吉衛吃完飯正準備離開，孝冬對叔公說：「叔公，我想進神社的倉庫，可否借我鑰匙？」

吉衛不悅地問道：「你去做啥？」

「沒有，就想了解一下神社的起源之類的——」

「又不是沒看過，何必再看？」

「是，不過——」

「甭提了，倉庫不是想進就進的。收藏品弄丟了，那可使不得。」

「我不會拿出來的。」

「沒得商量。」

吉衛死活不肯答應，說完就走人了，孝冬嘆了一口氣。

「你想了解神社起源哪？」幹雄詢問孝冬。

吉繼和喜佐也走人了，富貴子坐在榻榻米上，悠哉喝著茶水。

「對，我想重新了解一下花菱家的歷史。」

「咱有手抄本，要看看嗎？」

「咦？」孝冬和鈴子心有靈犀，做出了一模一樣的反應。幹雄看著兩人，被他們的反應嚇了一跳。

「真的嗎？」孝冬追問幹雄。

「沒、沒騙你啊。咱爺爺也說了，神社裡的玩意不是想看就能看的。所以啦，咱就利用機會一點一點抄寫，有手抄本隨時都能看了嘛。」

「那麼倉庫裡的東西，你都——」

「包括神社起源、族譜和花菱家略傳啥的，都有咧。」

孝冬牽起幹雄的手，緊緊握住。

「太棒了，請務必讓我一觀。」

「借你看是無妨啦……」

「你也真逗，孝冬哥，那種玩意還有啥好看的。」

富貴子笑著插上話，幹雄也頗感意外。

「我想調查淡路之君。」

幹雄一臉嚴肅，皺起眉頭說：「調查淡路之君……為啥？」

鈴子驚訝地看著孝冬。

——難不成，他要對這兩個人坦承目的？因為孝冬和鈴子決定祛除淡路之君。

孝冬瞄了鈴子一眼，點頭表明決心，看來孝冬真的打算據實以告。

「我自有目的。」

孝冬放開幹雄的手，先看看富貴子，再看看幹雄。

「我打算祛除淡路之君。」

孝冬把自己的目的說清楚講明白，幹雄和富貴子都不說話，鈴子屏息以待。

「你——你說啥傻話呢？」

最先開口的人是富貴子。

「這沒轍的事啊。」

富貴子激動大喊，幹雄伸手制止她。

「別大聲嚷嚷，富貴子，被爺爺他們聽到可麻煩嘍。」

語畢，幹雄凝視著孝冬，神情前所未有的嚴肅。

「咱花菱家過去，也不是沒人嘗試過，無奈都以失敗收場。你明知如此還要做，代表你是鐵了心要幹吧？」

「我是真的要做。」

幹雄還有話要說，卻選擇沉默，一手摀住自己額頭。

「幹雄先生，希望你幫我們一把。有關淡路島的花菱家，還有淡路之君的事情，沒人比你更清楚了。」

鈴子這才想到，幹雄在大學專攻歷史，對淡路島的鄉土史又有濃厚的興趣，甚至抄錄了神社裡收藏的古籍，確實沒有人比他更可靠了。

幹雄雙手環胸沉默不語，滿臉糾結。

「要祛除淡路之君，萬一被詛咒了可怎麼辦哪……」

富貴子講話輕聲細語，似乎連淡路之君這幾個字都不太敢提起。

「咱花菱家，早被詛咒了不是？」

幹雄不再糾結苦思，臉上多了一點笑容。性格一向爽朗的他，唯獨這時候表現出和孝冬一樣的陰鬱氣質。

「這件事啊，咱兄妹倆也無法置身事外。說句不好聽的話，孝冬老弟別見怪啊——萬一你沒留下子嗣就翹辮子了，這麻煩就落到咱分家頭上了。搞不好咱得餵養淡路之君，富貴子的孩子也可能遭殃啊。」

「咱孩子留在夫家，不關他的事吧？」

富貴子像是受了莫大的刺激，立刻回嘴。鈴子好奇這是怎麼一回事，幹雄負責解釋。

「咱小妹曾經嫁到大阪那兒的商家，連孩子都有了，後來離婚才回來的。」

富貴子別過頭不說話。

「宗家的血脈斷絕了，就追到分家。分家也沒子嗣，就追到有血緣關係的人身上……是這個意思嗎？」

「不錯。綜觀過去的族譜，是這樣沒錯，淡路之君很執著血緣。」

「花菱家的血緣……」

「講白了，咱這一族本來也不叫『花菱』。從家族的歷史來看，算是到後期才開始自稱花菱。」

「是這樣嗎？」

鈴子完全不曉得，原來歷史悠久的名門，還有這樣的內情。

「花菱的起源是御原的海人一族，以前也是用海人的姓氏自稱——也罷，這些細節改日再談。總之，孝冬老弟啊，你打算祛除淡路之君，還要咱幫你一把是吧？」

「對，沒錯。」孝冬點點頭，幹雄也頷首回應。

「嗯，這樣啊，那好唄。」

幹雄給了一個很爽快的答覆，孝冬頗感意外。

「你說好，意思是——」

「行，咱幫你就是了。」

「真的嗎？答應得這麼乾脆。」

「剛才咱也說了，這件事咱兄妹倆也無法置身事外。這都大正年間了，明治時代早就過去，文明開化和西化也折騰過一遍了。結果咱一家人還在怕那古裝冤魂，難不成要這樣因循苟且，一直餵養那玩意？咱也不敢領教啊。」

幹雄舉起大手，摸摸那充滿陽光氣息的黝黑臉頰。

「也是該算筆總帳嘍。」

幹雄先觀望四周，悄聲說道：「不過呀，這事千萬別讓咱爺爺知道。你也明白，那人很頑固的。」

「當然。」孝冬面帶苦笑。

「那咱也幫點忙唄。」

富貴子臉色發青，依然自告奮勇。

「是說，咱也幫不上啥忙就是。」

「不會，肯幫忙就很感激了。」

富貴子露出一種哭笑不得的表情。

「唉，這家族實在晦氣啊……跟咱大哥說的一樣，早被淡路之君詛咒了。」

幹雄拍拍富貴子的肩膀，分家的人也間接受到了淡路之君的危害。

「那好，去咱的房間唄，手抄本都在壁櫥裡。」

幹雄帶著鈴子等人回房，鈴子一看到幹雄的房間大吃一驚，將近十坪大的房間，全部塞滿了書本。出入口和書桌附近勉強有一點空間，其他地方疊滿了一大堆書，連要走到壁櫥前面都有困難。

鈴子很好奇，幹雄在這地方是怎麼睡覺的？幹雄大概看出了鈴子的疑慮，笑著說道：

「這邊沒地方可睡，咱就睡在隔壁啦。」

「大哥，每次來你房間都一股霉味，這不都快長香菇了？」

富貴子從走廊探頭進來，一臉嫌惡。

「……先打掃一下吧？」孝冬也傻眼了。

「不然，壁櫥也打不開吧。」

「抱歉啊。」幹雄抓抓頭，豪邁地笑了。

「是說，連個打掃的空間也沒有啊。」

「都先搬到檐廊上，順便曬書除蟲吧？」

「唉唷，書上都積了厚厚的灰塵，咱去拿撢子過來，稍待片刻啊。鈴子小姐，妳一個大家閨秀可不能進這種髒地方，糟蹋了漂亮的和服。」

富貴子三步併作兩步，快步離開了。

「壁櫥開得起來才最要緊，就先從那兒清唄。」

幹雄往附近的書山吹一口氣，自己被灰塵嗆到咳嗽不止。

「鈴子小姐，妳先回房吧，等打掃好了我再叫妳。」

孝冬先讓鈴子回房，鈴子可不願坐享其成。

「人多打掃起來才快啊。」

鈴子從袖子拿出一條手巾，綁在頭上充當頭巾，再用一條帶子紮起衣袖。富貴子拿了撢子和圍裙過來，鈴子也借了那些東西一起打掃。孝冬和幹雄負責搬書，不時有蟲子或蜘蛛鑽出來，嚇得孝冬哀哀叫。

好不容易清出一些空間，可以打開壁櫥了，大伙也累壞了。

「先歇會兒唄。」

富貴子用手巾擦拭脖子的汗水，離開了幹雄的房間。鈴子等人坐在檐廊休息，屋簷下掛有竹簾，正好有遮陽的作用，一陣涼風吹來，大伙總算緩過一口氣。孝冬脫下背心和領帶，脖子上也掛了一條手巾。

「幹雄先生，所有古籍你都抄錄了一遍，代表內容你都知道對吧？」

孝冬請教幹雄，幹雄擦擦臉上的汗水。

「知道一部分啦。不過咱先說清楚，古籍裡可沒有祛除淡路之君的法子，要真有法子，前人早就用啦。還有啊，那些個神社起源、族譜和家族略傳啥的，也都不是原本，有的還有缺漏呢。」

「不是原本？」

「戰國時代失掉了一大半，當年這一帶是歸紀州的安宅氏掌管，其麾下有淡路十人眾和淡州勢這些強大的水軍，但被豐臣秀吉給滅了。戰亂中，花菱一族帶著各種古籍和財寶出航避難，不料遇上船難，大多數古籍和財寶都沉到海底去了。這件事就記載在當年的略傳上，所以啦，現存的古籍都是後來重編的。」

「這麼說，也不完全正確嘍？」

「畢竟年代久遠啦，神社起源也不清不楚的，也不是原本遺失的關係。在神社典章制度建立之前，咱這一族就祭祀伊弉諾尊了，怎麼開頭的也沒人知道。猜測淡路之君死在平安時代，差不多是九世紀後半以後。紀錄上沒這件事，但瀨戶內海的海盜是從那時候開始猖獗的，傳說淡路之君是被海盜殺死的不是？」

幹雄訴說歷史，如數家珍。

「海盜一說也是真假難辨哪。」

「還有一個說法是，淡路之君是被朝廷害死的吧？」

「也對，是有這說法。所謂海盜殺人越貨一說，也是息事寧人的藉口吧。」

孝冬不懂這話是什麼意思。

「息事寧人的藉口？」

「當年，花菱家要進貢香木給朝廷不是？結果香木染上淡路之君的血，沒法進貢啦。該給的供品沒給，可是天大的事，還得賠償才行。碰上海盜或天災，就不用賠償啦。」

「是這樣嗎？」

「所以啦，實情如何也說不準。反正這理由大家都接受了，那是九世紀後半的事情。」

孝冬和鈴子對幹雄的博學無比讚嘆。果然，專家的協助不可或缺啊。

「這麼說來，淡路之君是那個年代的人物，那花菱家的略傳中——」

「咱剛才也說了，有缺漏的部分，可能是遺失，或故意沒傳下來……咱認為後者的可能性比較大。」

鈴子打了一個岔。「為什麼不留傳下來呢？」

「有不可告人的祕密唄。」

幹雄隨口道出推測。

「不可告人……這麼說，你認為淡路之君的死，跟花菱家的人脫不了關係？」

鈴子順藤摸瓜，幹雄回過頭，賊笑道：「真是一點就通啊，果然是看慣死亡的人才有的想法。」

鈴子不說話了。

「哎呀，失敬失敬。孝冬老弟，表情別這麼嚇人嘛，咱也不是想打探啥。」

幹雄露出有點困擾的笑容，揮揮手表示自己沒別的意思。

「淡路之君的故事，之所以有不可告人的祕密，可能是當年花菱家內部失和，到頭來害死了淡路之君。要真是那樣，淡路之君詛咒花菱家的理由就不言而喻了。很單純，就是痛恨咱家族唄。」

「痛恨……花菱一族……」

——心中有怨，才厲行詛咒和報復。

乍聽之下很有道理，卻又有說不出的疑慮。

——怎麼說呢，好像哪裡怪怪的……

「西瓜切好嘍，一起吃唄。」

富貴子拿著盤子走來，上面擺了鮮美多汁的西瓜。

「放在井裡冰過了，很涼喔。」

「一看就好吃啊。」

鈴子和孝冬先行道謝，拿起西瓜享用。誠如富貴子所言，西瓜冰冰涼涼的，很好吃。吃完西瓜，大伙拿出壁櫥的手抄本專心閱讀，神社起源和族譜抄錄在和紙上，花菱家略傳則抄錄在筆記本上。

鈴子和孝冬聽從幹雄的建議，查閱九世紀末以後的族譜。遠古時代的族譜，通常只記載當家的名字。

「好像其他人都是死人一樣。」

富貴子拿扇子替鈴子等人搧風，以詼諧的口吻開了個玩笑。

「當家不也是從娘胎爬出來的嗎？」

鈴子總覺得富貴子語帶哀戚，頗有顧影自憐的味道，不曉得是不是自己多心了？

「咱推測，淡路之君詛咒花菱一族，是從這一代當家開始的。」

幹雄說完後，指著「佑季」這個人名。

「這名字可能是唸 SUKESUE 吧，咱也不確定——就當是 SUKESUE 好了。」

「後面的人名，取名的規律改變了呢。」

孝冬指出了異常的徵兆，「佑季」之前的當家，名字當中一定有個「季」字，之後的名字就沒這種規律了。

「犀利！大概是宗家的一次死絕了唄。就算沒死絕，當家的也換旁系的來當，好比弟弟或堂兄弟之類的。」

好一會兒沒人說話。

富貴子悄聲提問：「……淡路之君咒死的？」

「這都推測啦，略傳上也沒寫明啊。說來也奇怪，宗家的血脈斷絕，這在古代也不是啥稀罕事，沒準兒是流行病造成的，寫出來就得了，幹麼不寫是吧？」

「所以當中有不可告人的理由……？」

鈴子點出疑慮，幹雄嚴肅地點點頭。

「那麼，淡路之君……可能是『佑季』的女兒，或是姊妹嘍？」

「大概啦。光看這玩意也不曉得他們的血緣關係，實情如何不好說。唯一能肯定的是，取名的規律之後也常有變化。詳情都沒留下記載，但看族譜就知道嘍。」

有些事情沒寫出來，反而更引人注意。

「聽你這麼一說……」

孝冬喃喃自語。

「到我這一代，取名的規律也改變了呢……」

孝冬的祖父叫「孝實」，父親叫「春實」，大哥叫「實秋」，祖父的前幾代，名字當中都有一個「實」字。孝冬說明這個規律後，臉上露出一絲苦笑。

「每次取名的規律改變，代表都有類似的情況發生吧，可能繼承人都死光了。」

「也可能是換個字眼討吉利吧。」

這是鈴子說出的推測。

「如果繼承人接連死去，會換名字討吉利也無可厚非，也不見得改由旁系繼承。」

「是有這可能啊。」

幹雄也同意鈴子的看法。

富貴子嘆了一口氣，癱坐在地上，用扇子替自己搧風。

「族譜這玩意，真是越看越悶啊，詛咒竟然跟著一家子的血脈傳了這麼多代。」

「唉……小妹說得也是啦。」

鈴子愣愣看著族譜，這一長串的人名背後，象徵著大量的血脈。當然，其中也包含了淡路之君——

「有人來啦。」

外頭傳來輕巧的腳步聲，眾人望向門外，腳步聲輕巧快速，並不從容，想來是傭人的腳步聲吧。

「老爺。」

是由良來了。

「在村長的協調下，我向青眾組的人打聽到了一些消息。」

由良在大伙面前正襟危坐，說出自己打聽到的情報。

「青眾組？」

鈴子對這個名詞感到陌生。

「就是年輕小伙子的社團啦。」

幹雄幫鈴子解惑。

「年輕小伙子要加入，才算獨當一面的大人。一般村子十五歲左右就能入伙了。」

鈴子算聽明白了。昨天村長提到的小伙，指的就是這個社團裡的人吧。

「弄壞弁天像逃離村子的，是一個叫茂一的男子。年紀十八歲，社團當中有一個負責統領年輕人的人物，茂一算是副手，大家認為他早晚會成為統領。」

「很有人望就對了？」

孝冬提了個問題，由良面朝前方答話，並沒有看他。

「據說是個很好強的人。」

由良答話也很簡短。

「統領都是年輕小伙選出來的，就投票唄。既然那小子是大伙心目中的未來統領，想來也不是一個低調的人物。」

「根據其他人的說法，茂一體格高大，打架也很厲害，又頗有大哥風範，是一個血氣方剛的年輕人。」

「喜歡動手動腳是吧？也是啦，一群年輕小伙子，還得這種人來管才行，不然藝閣那一類的活動都辦不成嘍。」

「藝閣？祭典的那個？」鈴子反問。

「沒錯。」幹雄點頭回應。

「淡路島的藝閣遊行很有名的。」孝冬也幫忙補充。

富貴子搧著風說：「這些個慶典活動，算是青眾組的重要活計，而且這些活動都容易發生衝突，打架本領可不能少啊。」

「那些事咱可不敢領教，吵吵鬧鬧的，動不動就打架。可話說回來，那也是慶典的一大看頭唄。」

幹雄輕笑兩聲，說道：「祭典不就這麼回事嘛。」

「——那麼，那個血氣方剛的茂一，為什麼要弄壞弁天像？」

孝冬拉回正題。

「聽說是喝醉的關係，他在客棧喝醉以後，到蓄水池溜搭醒酒。好像白天有什麼不愉快的事情，就踹弁天像出氣。」

鈴子很意外，原來那座村子也有客棧啊。

「就年輕小伙子聚會的地方唄。」

幹雄看出鈴子的疑慮，說明給她聽。

「就拿來議事或聚會的地方，小伙子偶爾也睡在那裡。不同村子有不同村子的用法，總之就是租間房子，讓他們有地方去。」

「原來還有這麼多規矩。」

這兩天鈴子真是開了眼界，不同區域的風土民情差異也太大了。

「與其說是規矩，不如說是桎梏唄。」

富貴子有話說了，她在說這句話的時候，臉上同樣有諧謔的笑容。

「是說，這些桎梏也有安身立命的作用啦。」

幹雄出言勸誡小妹。「妳一開口就岔題，拜託少說幾句唄。」

幹雄搶走富貴子的扇子，拍拍她的肩膀。富貴子搶回扇子，不高興地別過頭。

「那小伙喝醉後踹弁天像撒氣，然後咧？」

「茂一打算嫁禍給一個叫作藏的男子，同樣是青眾組的夥伴。」

「真是鼠肚雞腸的勾當。」幹雄傻眼了。

「茂一說，他當晚看到作藏前往蓄水池，其他小弟也附和茂一的說法。但青眾組的耆老和統領……就是青眾組的老前輩們，都是村子裡有頭有臉的人物，他們查出弁天像不是作藏弄壞的。那個叫作藏的品行敦厚，而且滴酒不沾，身子也很瘦弱，不太可能弄壞弁天像。」

「那茂一作賊喊抓賊，穿幫了？」

「是的。」由良似乎比較願意跟幹雄對談，孝冬也知道這一點，所以都交給幹雄問話，這是鈴子觀察到的現象。

「有人看到茂一當晚喝醉離開客棧，一逼問他就招供了。」

「也沒啥膽氣嘛。所以咧，大伙開會決定制裁他是吧？」

「村人說，他被拾掇了，也就是被斷絕往來。受到這種懲處的人，村民是不會跟他有任何交流的。」

「這個村長也說過。是說，做爹娘的帶些酒去拜託村裡的大人物，處罰會輕一點。茂一他爹娘沒去求情嗎——」

「茂一的雙親已經過世了。」

「這樣啊，那沒其他人去替茂一說情嘍？」

「是——呃呃……不對，聽說作藏拜託青眾組的統領原諒茂一。」

「咦咦？搞啥啊？他不是被茂一誣賴嗎？」

富貴子又有意見了。

「是的。」

「那他犯得著替茂一求情？」

「他們年歲相同，又是兒時玩伴。按照統領的說法，作藏本來就是這樣的人，不喜歡跟人爭。」

「是喔，真是大好人呢。」富貴子顯得有些掃興。

幹雄追問由良。「後來咧？那茂一離開村子了？」

「似乎是這樣。聽說茂一大呼小叫，喊著要離開那爛村子，隔天也真的失蹤了。」

「出張嘴都很容易，要跑到兵庫或大阪那些地方，可得花不少錢哪。那茂一應該也跑不遠唄，可能是從掃守那一帶往東走，橫越島嶼前往洲本，那邊有大一點的城鎮。或是從南邊的榎列跑到福良……不對，沒準兒就在附近的港都唄。」

「可能是港都，有人看到他朝港口的方向走去。畢竟他體格高大，又擅長打架，大家也不擔心他活不下去。」

「那些村民也天真哪，就保佑那茂一別改行當強盜。」

「是。」

由良低頭看著自己的雙手。

孝冬問他：「有什麼疑點嗎？」

由良的手抖了一下。

「這……確實有件啟人疑竇的事情。」

孝冬請他繼續說下去。

「我本來想跟作藏談一談，青眾組的頭領和耆老們，卻說沒有那個必要，不讓我跟作藏交談……由於事有蹊蹺，我就偷偷向其他青眾組的人打聽。」

由良實在能幹。

「沒想到，其他人說作藏也失蹤了。」

在場的人都發出驚詫的聲音。

「那個作藏也溜了？」

幹雄反問由良，由良也不敢肯定。

「這就不得而知了。就我打聽到的說法，作藏和茂一性情南轅北轍，不像是會離鄉背井的人。那些年輕人只說他失蹤了，沒說他離開村子。甚至有人懷疑——」

由良語帶保留，壓低音量說道：「甚至有人懷疑，茂一惱羞成怒，殺死作藏畏罪潛逃。要真是那樣，事情就鬧大了，所以青眾組的高層才裝蒜到底。」

反正沒找到人，用一句不知道帶過，就等於什麼都沒發生了——是這個意思吧。

「眼不見為淨是唄，沒擔當啊。」

富貴子看似說笑，臉上卻沒有笑意。

「這話要是不假，那作藏可死不瞑目啊。」

「也是……可話說回來，咱外人也沒資格說三道四。」

「都啥時代了，還真把村子的自治權當寶啊，現在大正年間了好嗎？笑話。」

「妳這妹子脾氣也真拗。」

眼見幹雄和富貴子要吵起來，鈴子趕緊緩頰。

「總之——跟弁天像有關的兩個重要人物都不見了，對吧？」

鈴子腦海中浮現的，是那個躲在弁天像後面的鬼魂。

——那到底是誰？

「不過，現在下結論似乎言之過早。」

孝冬摸著下巴說出推論。

「言之過早？怎麼說呢？」

「這個嘛，假設那兩個人真的失蹤好了，一下就有人懷疑茂一殺人潛逃，這是不是有點可疑呢？」

「的確，這點說不過去。」

除非有特殊原因，不然沒人會往生死大事上聯想。

「是有什麼證據，可以證明這個猜測嗎？」

孝冬詢問由良，由良點點頭回答。

「聽說，巫女印證了這個說法。」

「嗯？」

孝冬聽迷糊了。「你說什麼？巫女？」

「在淡路，好像有通靈的巫女和行者——」

由良試著解釋，但又不知道該如何說明，只好望著幹雄等他開口。

「誠如由良所言，咱淡路有不少巫女和行者，會替人祈禱或除煞啥的。召喚死者的魂魄也很常見，又叫『降靈』。」

「民俗宗教不是取締的對象嗎？」

孝冬有疑問了，因為在明治時代頒布過這樣的禁令。

「神佛分離和修驗道禁令頒布後呢，參究修驗道的人是看不到了，但這些巫女和行者卻一個個冒出來了。不管上面的怎麼說，人民還是需要民俗宗教，尤其是可以跟死者交流的通靈人士。」

幹雄又補充道，有需求自然就有商機。

「其實人民也只是想跟死去的親人說說話，可是一來不好意思去拜託寺廟的和尚，二來又不想去皈依那些阿貓阿狗的教派。那些通靈人士，也算滿足了人民的需求。人性嘛，在所難免啦。」

幹雄的口吻十分感性。鈴子心想，說不定他也有求過降靈吧。

「在東京當然不好明目張膽這樣幹，但這裡是鄉下小島，說實話取締沒多嚴厲啦。」

幹雄還說，政府想改變弁天祭典的政策，在淡路也得不到民心支持，有沒有認真取締也就可想而知了。那些負責取締的警察，搞不好也會拜託巫女降靈吧。

「——那麼，巫女是怎麼說的？」

鈴子催促由良說下去。

「這要先說到作藏的大伯——作藏年幼失親，被大伯收養，那位大伯向巫女打聽作藏的下落，希望查出作藏的所在。沒想到……」

沒想到，巫女說「作藏已經死了」。

「細節我也不大清楚，可是當人家大伯的，聽到這種說法也不可能放棄，據說那個大伯還在等作藏回來。」

鈴子好奇的是，原來茂一和作藏的雙親都過世了？

「村民就是根據巫女的說法，推測茂一殺死作藏是嗎？」

孝冬再次確認，由良頷首說道：「是的。」

「巫女的開示啊……」孝冬對這說法感到懷疑。

「一般來說，客人想打聽親人的安危，都是報喜不報憂才對啊……」

鈴子以前做過千里眼的生意，很清楚這一行的門道，那個巫女就算沒真本事，一定也知道這門生意的做法。

想要打聽親人下落的客人，無非是想得到一個希望，沒有人想知道自己親人已死的消息，即便那是事實也一樣。因此，這時候希望就比事實更重要了。

——那個巫女是沒考量到客人的心情，還是……

鈴子對那個巫女產生了一點興趣。「那位巫女方便一見嗎？」

鈴子向由良打聽，由良愣了一會兒，沒料到鈴子有此一問。

「這……去拜訪應該見得到面吧，聽說那巫女就住在港都。」

「地址呢？」

「詳細地址我不清楚，只知道是在飲酒作樂的街區附近，房子還有鳥居。」

「是神社？」

「不是。」

由良搖搖頭，幹雄拍打膝頭說道。

「沒準兒是三条的喜代婆婆，那老婆子咱也知道。啊！咱沒見過那老婆子，只是她在這一帶很有名，降靈術挺高明。」

「『三条』是住所嗎？」

「不是，是出生地。市村的三条，這邊的東南方有一座村落，因為那邊有不少市子，所以叫市村。所謂的市子，就是巫女啦，那裡也是傀儡師的村落。」

傀儡師——應該是淡路知名的人偶戲專家吧。

「那我去會一會。」鈴子表明探訪之意。

「我也一起去吧。」

孝冬也打算跟去，好像很理所當然一樣。

富貴子插上話了。「孝冬哥啊，你還是甭去為好。」

「這可是淡路，不是東京哪。花菱的當家跑到怪力亂神的巫女那兒，沒準兒會傳出什麼不好的謠言。」

「咱爺爺消息可靈通了。」

幹雄也贊同小妹的意見。

「不過，我就是聽從叔公的命令，幫忙處理這件事啊。」

「你覺得正當理由對咱爺爺管用嗎？」

孝冬不說話了。

「咱爺爺最討厭對花菱家不利的事了，管你有啥理由都一樣。」

孝冬也表現出不滿的神色，這太不講理了。

「咱陪鈴子小姐去總成了吧？」富貴子舉起扇子說要幫忙。

富貴子賊笑道：「就說咱有事要拜託那巫女，然後鈴子小姐裝成女傭陪咱一起去就得了，反正這裡的人跟鈴子小姐不熟嘛，如何啊？」

「反正咱是離婚回來的，偷偷跑去找巫女，人家只會以為咱是要占卜再婚對象，或是再續一段姻緣啥的。」

富貴子說，自己壓根沒打算再嫁。

富貴子用扇子指指孝冬。「如何呀？」

「這個嘛，確實是好主意，有富貴子小姐陪同，我也安心了。」

「那就這麼說定啦。鈴子小姐，咱們快快動身，妳應該沒有女傭穿的衣服吧？咱幫妳準備一套，一起來。」

富貴子兩三下敲定主意，即刻離開房間。鈴子跟著富貴子去換裝，看富貴子如此豪氣，鈴子心中也是無比暢快。

鈴子換上一身樸素的和服，跟著富貴子離開宅院。喜佐剛才搭車出去，兩人沒車可用，只好吹著海風走下坡道。

「咱爺爺討厭汽車，老爹也只有出遠門會搭車，幾乎都是咱老母在用。一有空就搭車到處買東西，也不肯多走點路。大概是這附近沒人有車，搭車出去炫耀很痛快唄。」

「富貴子小姐，妳不搭車的嗎？」

「那玩意感覺挺麻煩的，咱不喜歡。何況，老母很喜歡副島那司機，每次咱要用車她都一堆意見，麻煩死了。」富貴子臉上又出現了諧謔的笑容。

「這兒的景色優美，看著身心舒暢啊。」

富貴子指著前方，坡道下就是一片海景，海面上波光粼粼。

「的確是很優美的景色呢。」

「這邊氣候宜人，食物又好吃，日子也悠哉悠哉。咱最喜歡這邊了，待著舒心啊。」

富貴子有感而發，聽得出來這是真心話。

「不過，咱也想去東京瞧一瞧。」

富貴子看了鈴子一眼，爽朗地笑了。

「請務必讓我招待。」

鈴子邀富貴子到東京一遊，富貴子笑咪咪地凝視鈴子。她的表情和孝冬有幾分神似，或許這就是血緣吧。

「鈴子小姐，妳為啥要祛除淡路之君？」

富貴子平靜地提出這個問題。面對出乎意料的疑問，鈴子一時說不出話來。

「這不是孝冬哥的意思吧？那個人本來一副了無生趣的模樣，早就放棄一切了。現在卻神采奕奕，簡直判若兩人呢。」

富貴子笑得挺歡快。

「看你倆互動就知道了，主導權都在妳手上對不？」

「也不是這麼說……」

「可要祛除淡路之君的，的確是妳吧？」

「……」

是這樣沒錯。

「咱從小在那種家庭長大，從來沒想過要祛除那玩意——這樣說也不對，應該是刻意不去想那件事吧，反正做不到的事，求了也是白費力氣。所以啦，會動這個念頭的一定是外來的人。」

鈴子望向明亮的大海，稍微瞇起眼睛。「我只是氣不過罷了。」

鈴子也說出真心話。「被淡路之君支配，實在讓人氣不過。從今以後都要害怕那個冤魂，提心吊膽度日，一想到就生氣。」

這也是鈴子想要祛除淡路之君的原因。

「孝冬哥怎麼說的？」

「他說，都聽我的。」

「都聽妳的？」

富貴子傻住了，接著噴笑。

「哈哈，真有趣。原來他是這麼有趣的人啊，他完全迷上妳了嘛。」

富貴子笑完後，也欣賞著海景。

「咱當初在這邊婚事談不成，才會嫁到大阪。歷史悠久的神社和華族親戚的身分，表面上好像鍍金一樣。其實，大家都說咱家不乾淨，一家子都被詛咒。當然，外人不知道淡路之君的內情。不過，看家世娶妻生子的也大有人在，咱只想嫁去一個沒人知道花菱家的地方，可惜最後也沒好下場。」

富貴子露出了寂寞的笑容。

「咱家大哥啊，也不時有人來說媒，可惜最後都沒下文。話說回來，要找到門當戶對的媳婦，也是早晚的事啦。過去一直都是這樣的，跟宗家的孝冬哥比起來，咱們的煩惱根本算不上啥事……」

「其實，煩惱本來就沒法比較。」

鈴子說出了自己的想法，富貴子端詳鈴子的面容，溫柔地笑了。

「孝冬哥就是喜歡妳這一點吧。」

到底是哪一點呢？鈴子心中疑惑，卻也沒說出來。

「咱也一樣啊，若只有自己遭罪，那也就罷了，一想到留在大阪的孩子，總不能啥都不幹就摸著鼻子認栽吧。淡路之君的麻煩，得想個法子解決才行。」

富貴子這番話像是說給自己聽的，海風吹拂著富貴子的臉龐。看著富貴子的髮梢在海風中飛舞，鈴子默默地點了點頭。

「三条的喜代婆婆」住在飲酒尋歡的街區之外，房子就在茂密的樹叢之間。外頭確實有一座木造的鳥居，造型十分儉樸，而且同樣被樹叢遮蓋住，乍看之下看不出是鳥居，樹叢下還有枯萎的繡球花。

房子就是一棟木造平房，格局不大，卻也不到小屋的程度。玄關的拉門是開著的，門內挺昏暗。

「打擾啦。」

富貴子跨過門檻，朝屋內打了聲招呼。進門的右手邊是廚房，還看得到爐灶，對面有一塊木板地，一個老太婆就坐在那裡。富貴子和鈴子都嚇了一跳，她們進門之前都沒發現那裡有人。

老太婆沒有盤起一頭白髮，而是直接紮成一束，額頭上還綁了一個很像粽餅的玩意。衣著則是深藍色的麻料和服，配上無袖的白色羽織。手上拿著一串念珠，光看這模樣就不像什麼正經的巫女。

「妳老人家就是喜代婆婆？」

富貴子問話的語氣，也充滿戒心。

「花菱家的人，也要找老婆子祈福消災啊？你們家養的鬼東西，咱可除不掉喔。」

老太婆年歲已大，聲音卻很宏亮。富貴子被搶白，閉上嘴不說話了。老太婆的臉皮很白，像抹了一層粉底似的，上面又有許多細小的皺紋，鬆弛的眼皮蓋住兩隻眼睛，都看不到眼珠子了。

老太婆舉手指著鈴子。

「妳是花菱家的媳婦吧？身上有香的味道不說，還有御靈按住妳的肩膀。」

鈴子聽了渾身起雞皮疙瘩，富貴子也倒吸了一口氣。

「哼，也罷。也不知妳們來幹啥的，總之先進來吧。只有竹蓆可坐，擔待點啊。」

鈴子和富貴子對看一眼，各自心領神會，一同進入了客廳。老太婆前方有兩張竹蓆，兩人紛紛就座。

「阿民、阿民！」

老太婆衝著門口叫人。

「有客人來嘍，快拿茶水來。」

外頭有一名十四、五歲的少女，用圍裙擦手，快步跑向廚房，可能是孫女或女傭吧。這位叫阿民的少女，將茶具放在老舊的木盤上，端到三人面前。少女嬌羞地看著來客，點頭致意後就退下了。

鈴子喝著茶水，喘過一口氣，大老遠走來也正好口渴了。她從袖子拿出手巾，擦拭脖子上的汗水，再一次打量老太婆——喜代婆婆。

「沒來得及自我介紹實在抱歉，我是花菱鈴子。」

鈴子打完招呼，喜代拿起扇子搧風，仔細端詳鈴子的臉孔。

「東京人啊？」

喜代的語氣中夾雜著疑惑，鈴子對她的反應感到不解。

「是沒錯。」

「在這邊沒親戚？」

「沒有……」

鈴子是越聽越迷糊了。

「怎麼了嗎？」

喜代低下頭轉移視線。

「哼，花菱宗家的媳婦，竟然讓一個外人來當。」

「花菱男爵人在東京打拚，討個東京的媳婦有啥好奇怪啊。」

富貴子火大插嘴了。「妳又不是咱花菱家的人，哪來資格說嘴？」

「哈。」

喜代笑了，牙齒缺了幾顆。

「小妮子脾氣大啊，在夫家也這樣，才被趕出來是吧？」

富貴子冷笑道：「哼，咱是自己離開的，要不要走輪不到其他人決定。」

「那挺好，妳照這樣也能過得不錯。」

「怎麼，這是妳巫女的開示？」

「笑話，妳這小妮子不需要啥開示。反正妳今天來，也不是來求姻緣的吧？」

「那當然，咱們來是有要事請教。前些天，伊元村的村民找上妳，向妳打聽姪兒的下落不是？」

喜代望著頭頂上想了一會兒，點點頭說：「啊啊！是有這麼回事。」

「有個叫作藏的人不見了，妳說那人死了，沒弄錯嗎？」

「妳們打聽這幹啥？咱也是做生意的，不好隨便洩漏客人的私事啊。」

富貴子擺了一張臭臉，鈴子則從腰帶掏出錢包，放在地板上。

「您說得沒錯，害您失去信用，我們自當照價補償。當然，在此聽到的所有消息我們不會四處張揚。」

喜代撐起鬆弛的眼皮，看她的表情，似乎對鈴子很感興趣。

「妳很習慣這碼子事啊，看上去不像世故的滑頭，但也不是純正的良家千金吧？」

喜代仰望天花板，在想要敲多少竹槓。

「那好，算妳三元如何？」

富貴子的臉更臭了。

「沒問題。」鈴子打開錢包拿錢。那個年代一升米才五十四錢，木工師傅一天的薪資是兩元。鈴子拿出一元鈔票和五十錢的鈔票，放到喜代面前。

「剩下的等妳說完了再給。」

「哼。」

喜代鼻孔噴氣，將鈔票塞進腰帶。

「妳們要打聽伊元村的作藏？那人已經死了，咱可沒說錯。」

喜代用拿錢的那隻手抄起念珠，雙手合掌做出膜拜的動作，都不知道她到底是巫女還是尼姑了。

「妳是怎麼知道的？」

「當然知道，都冷掉了。」

喜代講得一副理所當然的口吻。

「冷掉了……？」

「來問事的是作藏的大伯，作藏年幼喪親，是他扶養作藏長大成人，算是作藏的養父。

像那種緣分深厚的人來問事，是生是死一下就看出來了。咱透過那段緣分觀想作藏，突然一道冷風吹來腳邊，吹得腳尖發寒，咱就知道作藏死透了。」

隔了一拍後，鈴子問了一個問題。「作藏的魂魄沒現身嗎？」

「真沒料到妳會有此一問，還以為妳要說，這只是老婆子的直覺呢。」

喜代顯得相當意外。

「作藏要是附在他大伯身上，咱自然看得到。可他沒附在大伯身上，咱只感應到他死了而已。沒準兒啊，大伯和作藏彼此也沒太深厚的感情唄，那位大伯來問事，純粹是演齣戲給村人看一看罷了。至於作藏是生是死，都無關緊要。不！死了更好，正好省下找人的工夫，所以啦，咱就據實以告了。」

喜代不高興地哼道：「哼，那傢伙也太小氣，殺價就罷了，出錢也出得不乾不脆。咱就嚇唬他，慳吝的人會有報應。」

「那妳也該有報應不是？」富貴子出言諷刺，喜代裝作沒聽到。

「要找到作藏的鬼魂，只能在他死去的地方嘍？」

鈴子腦海中想到那尊弁天像。

「死後沒安息的話，是這樣唄。」

「看不出死法嗎？」

「沒轍，咱只知道他死了。」

「不能用降靈術，直接問他嗎？」

喜代撇嘴說道：「降靈可不是隨時隨地都能弄的玩意。咱在作藏眼中，就是一個素昧平生的老婆子，他怎麼可能隨傳隨到啊？」

「喔喔——原來如此，沒有媒介辦不到就對了。」

要召喚亡者的魂魄——必須在亡者死去的場所，或是找來亡者重視的人物和親屬。

喜代默然無語，似乎在觀察鈴子。當然，她的眼皮蓋住眼珠子，鈴子也不敢肯定她是不是真的在看自己。

「……咱沒別的可說了。作藏死透了，其他事咱一概不知。」

喜代朝鈴子伸出一隻手，意思是要她趕快付錢。鈴子從錢包中掏出鈔票，放到喜代的手掌中。喜代迅速摺好鈔票，再次塞進腰帶中。

「咱倆一個樣啊。」喜代撐起眼皮，瞅了鈴子一眼。

「一個樣？」

「咱倆都是巫女——看在同類的分上，這忠告咱就不跟妳收錢了。有個恐怖的御靈相當中意妳，這是好事或壞事，咱也說不準。只是，妳將要闖的是一片狂風暴雨的大海。」

喜代一口氣把話說完，不讓鈴子有問話的機會。鈴子聽得目瞪口呆，她無法徹底理解這段話的意思，不過——「闖與不闖，狂風暴雨同樣會來。我可不會龜縮在家，眼睜睜看著風暴來襲。」

喜代聽完鈴子的說法，張大嘴巴笑了。「哈。」

當天下午，鈴子和孝冬再次前往伊元村，去瞧瞧弁天像的亡魂。

「妳認為作藏就是弁天像的亡魂？」

孝冬在車中詢問鈴子。

「這……就不好說了。」

「我也真想見見那個喜代婆婆，挺有趣的人呢。」

鈴子想起喜代的建言，便請教孝冬。「所謂的『御靈』，到底是指怎樣的魂魄呢？」

「妳是說御靈信仰的御靈？」

「不，我也不是很清楚，那是喜代婆婆說的。可能是指淡路之君吧，她說有個御靈按住我的肩膀，還說那御靈很中意我。」

「是喔……」

孝冬沉默了一會兒。

「御靈嗎？原來如此。」

孝冬接著又說道：「所謂的御靈，本來是對靈魂的敬稱。說穿了，就是會帶來災厄的強大亡靈。一般人都相信，那些極為優秀的人才，或是死法非比尋常的人，會成為強大的亡靈。天災和流行病也被當成他們的詛咒，所以才會舉辦盛大的祭典安撫他們。」

帶來災厄的強大亡靈——淡路之君正是如此。

「最具代表性的是牛頭天王，又稱為祇園天神，御靈會就是撫慰牛頭天王的祭典。至於個人的御靈，比較有名的是菅原道真⓫，那算是人格神類別的御靈神，一般稱之為天神大人。這一類御靈信仰在平安時代中期特別興盛，因為律令制造成稅制上的問題，地方行政大亂，海盜猖獗也是在那個時代……」

孝冬說到一半靜下來了，看他在沉思，鈴子也就沒打擾他。

⓫菅原道真：日本平安時代的學者、詩人和政治家。

「或許，島神神社是把淡路之君這個冤魂，當成御靈祭祀的神社吧。」

孝冬再次開口，說出這番推測。

「島神神社表面上祭祀伊弉諾尊，實際上可能是我說的那樣。畢竟我們這次要一起做的神事，不但是這個神社獨有，也是專為淡路之君舉辦的神事。」

「為了淡路之君而設立的神社……」

「我一直以來有個疑問，花菱一族歸順中央後，還當過國造[12]和國司[13]這一類地方大官，最後卻淪為一介神社的神主——換句話說，花菱一族從歷史舞台上退下了。這中間的經過也不得而知，搞不好整件事本身和淡路之君有什麼關聯。」

「跟淡路之君有關，確實不無可能——」

鈴子回顧記憶中的知識，說道：「我記得她是巫女對吧，本來的職責是撫慰淡路島的冤魂……又叫御巫是吧？那麼，花菱家當年就已經是神社的神主了？」

「御巫和神社的巫女不太一樣。御巫當中，也不乏地方大官的女兒，淡路的御巫也是用同樣的方式遴選出來的吧。」

換言之，花菱一族可能是受到淡路之君詛咒，才退下歷史舞台，並創建神社吧。

「意思是，花菱家把淡路之君當成御靈神祭祀，以達到鎮煞的效果嘍。」

而鎮煞的手段，則是用亡靈餵養。吞食亡靈的恐怖存在，應該稱之為魔，而不是神。

「——嗯嗯？那邊有人呢。」

正在沉思的鈴子，聽到孝冬的聲音後抬起頭，順著孝冬指示的方向望去。前方不遠處有一個路口，轉角處供了一尊道祖神的石像，有一名少女蹲著膜拜石像。

「請停車。」看那少女神色有異，鈴子叫司機停車。

鈴子下車走近少女，少女專心膜拜，沒注意到有人來。少女年紀和鈴子差不多，或許多長幾歲吧。

頭上包著頭巾，和服下襬也高高撩起，腰上繫著圍裙，衣袖也用帶子綁起來，四肢上還有臂套和綁腿，一看就是幹活用的服飾。

「妳好。」

鈴子開口打招呼，少女肩膀抖了一下。她一看到鈴子和孝冬，連忙站起來，飽滿的雙頰曬得黝黑又健康，身上充滿陽光的氣息。少女又看到旁邊的汽車，表現得更加驚訝了。

---

⓬國造：日本古墳時代和飛鳥時代設置的地方官，由大和朝廷任命。

⓭國司：地方一級行政單位的官僚。

「驚擾到妳實在抱歉。只是……看妳誠心膜拜，才想問問妳在拜什麼。」

鈴子盡可能用隨和的語氣說話，以免少女太過緊張。話雖如此，鈴子的為人也稱不上親切討喜，少女會怎麼想那就另當別論了。

少女沒說話，而是用手抓著圍裙，眼神慌張亂瞟，看樣子也不是困擾，純粹是怕生吧。

「妳跟作藏先生和茂一先生同年是嗎？」

少女大吃一驚，稍稍退了一步。

「您、您從何得知——」

「你們認識嘍？都是同一個村子的，認識也不足為奇吧。」

「……這……當然是認識了。咱們年紀相同，打小就認識了。」

語畢，少女表現出失落的模樣，聽她的說詞，他們三人是青梅竹馬吧。仔細想想，由良都是跟男村民打聽消息，沒跟女村民接觸吧。

「方便請教名字嗎？」

「咱叫阿房，二位該不是花菱家的老爺，還有子婦吧？」

鈴子聽不懂子婦是什麼意思，轉頭望向孝冬，孝冬幫她釋疑。「就媳婦的意思。」

「聽說是村長拜託二位，查探弁天像吧……」

「我們在調查過程中，得知作藏先生和茂一先生失蹤了，才來打聽他們的消息。」

阿房一臉難過。

「作藏和茂一到底跑哪去了……咱聽人說，茂一往港都去了，只求他平安無事就好。」

「所以妳在替他們祈禱？」

阿房落寞地點點頭。「他們都沒了爹娘，沒人會替他們求神拜佛了。咱不替他們拜怎麼成呢，所以白天晚上都來拜。」

「這樣啊……」

「茂一從小就倔脾氣，自己說要離開村子，拉不下臉回來唄。作藏一定是跟著他，勸他快快回頭。」

阿房自己說了一個推測，依舊抹不去心中的不安。鈴子也不好意思說，作藏可能已經身亡了。

「他們很要好嗎？」

阿房點點頭說：「作藏打小就沒爹沒娘，茂一很關照他，活像他的老大哥。茂一十三歲那年爹娘也都病死了，兩人就更要好了。」

不過阿房補充，兩人加入青眾組以後關係如何，她就不曉得了。

「好像那時候，他倆的關係就大不如前了。青眾組的事咱也不太清楚，都是聽人說的謠言居多……」

「有人謠傳他們吵架或心生嫌隙嗎？」

阿房搖頭晃腦，試著回想自己聽到的傳言。

「聽說，是作藏笑話茂一……才會吵起來的，大概是嫌棄茂一藝閣扛不好唄。咱認為那一定是誤會。」

「誤會？」

「沒準兒是茂一誤會了，作藏從來不會笑話別人的。茂一也該知道作藏的脾性才對啊……偏偏他性子衝動，一個誤會就大發雷霆了唄。」

鈴子算是聽明白了。

「所以，他才嫁禍作藏弄壞弁天像是嗎？」

阿房傻眼地說道：「真不懂，為啥要幹那種傻事呢？肯定馬上露餡的啊。」

阿房靜了一會兒，低下頭說：「……像個鬧脾氣的小孩似的。茂一他啊，就這種脾性。」

「鬧脾氣的小孩？」

「他只是想尋作藏晦氣吧，打小就常這樣幹——也不知該怎麼說他，大概是想引人注意或求點關心唄。」

「妳說茂一先生是這種脾氣……？」

「就小孩子脾性，所以動不動就撒潑鬧脾氣。茂一他體格高大，又愛當人家老大哥，乍看之下很可靠，其實骨子裡還是挺幼稚。碰到作藏那種大度豁達的人，就知道要任性。作藏他也好脾氣，從來不發火的。」

阿房活靈活現地描述那兩人的性情，鈴子從話中感受到茂一和作藏的生氣，他們確實存在過。

「這一次，茂一也是在對作藏耍任性唄。他倆應該在其他村子，商量如何回來……」

阿房低頭懇求鈴子和孝冬。

「二位要是查出他們下落了，還請知會一聲，好歹讓咱知道他們是否平安。」

「是——那是當然。」

鈴子一時也給不出更好的答覆。阿房抬起頭，不安的表情中勉強擠出一絲笑容，說完便離開了。

「……她只希望——自己的兒時玩伴在某個地方平平安安的吧。」

孝冬望著阿房的背影，喃喃自語。「至少茂一要平安無事啊。」

鈴子在石像前蹲下來，雙手合掌膜拜。

之後，鈴子和孝冬一同前往蓄水池。兩人爬上堤防，一走近弁天像就聽到哭聲了。鈴子緩步湊近。

蟬鳴聲響徹四周，還有濃厚的草木氣息。堤防上的草木都砍掉了，但弁天像後方就是山腳下的森林，雜草也十分茂密。每前進一步，哭聲就夾雜更響亮的蟬鳴聲，空氣中都是草叢堆飄來的濕氣，熱得鈴子頭昏腦脹。

終於看到弁天像後方的鬼魂了。鬼魂低著腦袋，脖子和肩膀寬大厚實，體格也算高大。

——這不是作藏。這個鬼魂身材高大，不可能是瘦弱的作藏。

「茂一先生。」

鈴子呼喚對方，鬼魂不再啜泣了。

「茂一先生。」

鈴子以清晰的嗓音，再一次呼喚對方，鬼魂抬起頭。

這是茂一吧，他也死了。

鈴子繞到茂一面前，彎下腰來凝視他的臉龐。茂一臉上都是淚痕，頭髮也亂糟糟的，那張臉也跟他的身材一樣，粗大寬厚。

茂一站起身來，嚇得鈴子往後退開。茂一邁步向前，鈴子讓開一條路，只見他一聲不響走進森林裡了。動作看起來很緩慢，但一個不留神差點就跟丟了，鈴子和孝冬連忙追上。

「他要去哪裡呢？」

夫妻小跑步追上茂一，孝冬道出心中疑慮。

「應該是山裡吧。」

鈴子回應孝冬，因為前方只有山區了。雖然只是一座小山，但茂一再往裡面去的話，兩人就很難追上了。

夫妻倆撥開樹叢，踩踏雜草，勉強走過羊腸小徑追上茂一。四周地勢不平，鈴子幾次差點被樹根和石頭絆倒，好在都有孝冬攙扶。

「他停下來了。」

孝冬說出這番話時，鈴子已經不知道差點跌倒幾次了，她抓住孝冬的手臂，面朝前方。茂一低著頭，站在一塊大石頭前面，並指著附近的草叢。

——怎麼回事？

鈴子和孝冬默默走向草叢，茂一指的是地面。孝冬蹲下來，探究草叢裡。

「啊……」

孝冬驚叫一聲，並沒有回頭。

「怎麼了嗎？」

聽到鈴子問話，孝冬才緩緩回頭說：「有骸骨。」

這話一說出口，茂一的身形如同輕煙搖曳，形體越見淡薄，輪廓也逐漸模糊。他沒留下任何話，就這麼消失了。

「不見了……」

孝冬站起來，看著茂一剛才所在的地方。

「他是想告訴別人，這裡有骸骨吧？現在我們找到骸骨，他也沒遺憾了？」

「應該是吧，大概。」鈴子說完後，自己也不敢肯定。

孝冬轉過身，又到草叢邊蹲下。

「這是茂一和作藏的骸骨吧。」

孝冬撥開草叢，現出了底下的骸骨，而且是兩具成年人的骸骨。骸骨都穿著衣服，其中一具穿著深藍色有花紋的窄袖和服，長度到大腿一帶，下半身穿著窄褲。另一具穿著暗茶色的和服，下半身同樣穿著窄褲。

鈴子凝視那具藍色和服的骸骨，說道：「這應該是茂一先生吧。」亡靈身上也穿著同樣的衣服。

「那麼，另一具是作藏嘍？」

「應該是……」

不然，茂一不會哭得那麼傷心吧。

「可能出了什麼事情，導致作藏先生意外身亡，茂一先生才會哭成那樣吧。」

「他自己也死了不是？況且，這兩具骸骨都被藏到草叢中。」

鈴子也聽出孝冬的言外之意，孝冬環顧四周說道：「——有第三者介入吧。」

除了茂一和作藏以外，整件事還有第三者介入，把兩人的遺體藏到草叢中。

「總之，要先跟村長報告。」

孝冬點出當務之急，鈴子則說：「有件事要麻煩你確認一下。」

鈴子請孝冬幫一個忙。

知會完村長後，鈴子和孝冬回到了花菱家。隔天早上，村長也來拜訪了。

「從骸骨身上的衣物推斷，一個該是茂一，另一個該是作藏。真是萬萬沒料到，他們竟然會死在那座山上──」

村長是來報告後續發展的，才一個晚上，他就有了黑眼圈，神情憔悴不已。

「咱要忙著通報警察，還得對村民說明事發經過，青眾組的其中一個小伙，還在忙中添亂啊。」

孝冬反問村長：「您說的添亂是指？」

村長眨了眨充血的雙眼說道：「那小伙鬧上吊呢。」

村長說出昨天發生的怪事。

「就在他們平時聚會的那間房子，到倉庫找條繩子上吊。幸好有人發現那小伙不對勁，及時救了下來。」

村長大罵荒唐，深深嘆了一口氣。

「那個人為何要──」

鈴子沒把話說完，村長就搶先開口了。

「那小伙說，他怕得要死。」

「怕得要死？」

「他說，那兩人是他害死的，所以他怕得要死……」

村長用手指按壓眉心。

「昨日二位來通傳的時候，不是還要咱查清楚，究竟是誰謠傳茂一前往港都的？結果就是那小伙，他叫留吉，跟茂一同年。」

由良打聽到的消息當中，確實有這麼一個目擊線報。可實際上，茂一死在山中，所以傳話的人要不是看錯了，不然就是蓄意撒謊，鈴子想查清楚到底是哪一種。

「是那小伙撒謊，好讓大家以為茂一真去港都了。」

孝冬雙手環胸問道：「所以到底出什麼事了？」

孝冬直指核心。

「說來話長啊……咱從頭說起好了。留吉加入青眾組，和茂一混得挺熟，尤其茂一人高馬大，未來有望成為青眾組統領。他心想只要巴結茂一，未來在村裡就有一席之地。留吉身材矮小，拳頭也不夠大，參加祭典不夠搶眼，在村裡地位又不高。他想藉茂一的威勢，擺點派頭。」

偏偏那留吉，看某個傢伙不順眼。

「那小伙看作藏不順眼，也瞧不起作藏。作藏比他矮小，人又軟弱，一看就好欺負。想不到——」

「想不到，茂一先生和作藏先生關係良好，而且十分仰賴作藏先生？」

鈴子說出推測，村長點點頭，承認鈴子說得對。

「留吉氣不過，就想給他找點麻煩。」

「找麻煩？」

「留吉對茂一扯謊，說作藏嫌棄他，笑他不會抬藝閣。」

鈴子這才想起，阿房也說過類似的話，原來那是留吉挑撥離間。

「幹那下三濫的無聊勾當。加入了青眾組，就該是獨當一面的大人了，獨當一面的大人怎麼幹出那等蠢事，連當小毛頭都不配。茂一也不像話，竟然信了那種鬼扯蛋。」

村長拍打自己膝蓋，額頭都冒出青筋了。

「茂一和作藏，就這樣漸行漸遠了？」

孝冬接續話題，村長又拍了膝頭幾下，試圖緩和情緒。

「正是。後來……就鬧出了弁天像的事情，茂一受到全村責罰，作藏代他求情，茂一反而更火大，嚷嚷著要離開村子。眾人也想挽留他，可懲罰尚未結束，也沒人敢跟他說話，是作藏甘冒禁忌，主動去挽留他。」

村長低下頭，雙眼直盯著榻榻米。

「那一天，留吉見到茂一和作藏二人在弁天像旁吵架，其實也不是吵架，是茂一找作藏的碴，作藏一直安撫他。沒一會兒工夫，二人前往山中，留吉偷偷跟上去瞧個究竟，他害怕二人一旦把話聊開了，自己的謊言就會穿幫。雖說茂一生性衝動，只要作藏好好講理給他聽，他還是能想通個中原委的，留吉就是害怕穿幫才跟上去……」

二人入山後，留吉遲了一步趕到現場。

「結果，茂一進了山裡還在發脾氣。留吉躡手躡腳，躲在一旁的樹木後邊，就聽到茂一大罵『少管閒事』啥的，大概是在嫌棄作藏的好心唄。留吉說，他小心翼翼躲起來，生怕踩到石頭或樹葉發出聲音，等他發現大事不妙已經太遲了。作藏抓住茂一的胳膊，還想勸勸茂一，誰知茂一把甩開作藏，將作藏摔倒在地。」

現場有一塊大石頭，不小心撞上肯定很痛。

「那邊有不少石子和樹根，地勢本來就不平整。作藏一個重心不穩，向後一倒，後腦勺就撞在大石頭上了……留吉是這麼說的。」

作藏倒地後一動也不動，茂一慌張地搖晃作藏，作藏渾身癱軟無力，躲在一旁的留吉也看出大事不妙了。

「那留吉怎麼了？」

「留吉一直躲在樹木後邊。他怕被茂一發現，自己會被宰了滅口，都快嚇破膽了，就縮著身子摀住嘴巴，躲在樹後直打哆嗦。」

村長大嘆一口氣，滿臉無奈。

「那時候，留吉要是肯出來就好嘍……動動腦子想一下就該知道，茂一是不小心推倒作藏的，根本不可能殺他滅口啊……」

留吉眼見作藏身亡，想必也亂了套吧。

「留吉也忘了自己躲藏多久，待他回過神來，太陽都快下山了。四周沒半點聲響，留吉從樹幹後邊探出腦袋，偷看茂一的動靜。但茂一不在了，只剩作藏的遺體還在那裡。他說，可惜作藏的遺體沒消失，不然就能當大夢一場了。」

留吉走近作藏，不再躲藏，他想知道作藏是不是真的死了。走近一看，作藏兩眼開開直挺挺躺在那裡，嘴巴也合不攏。胸口沒上下起伏，口鼻沒了氣，手指疲軟彎曲，動也不動一下，皮膚也失去血色。

「留吉還說，他想起自家爺爺奶奶去世，也是一般神態。膚色發青，面容慘白，沒個活人的顏色……後來，他在一旁的樹上，發現茂一上吊了。」

村長一咬牙，顯得非常遺憾。

「說是上吊，其實也沒吊在很高的地方。聽留吉說，茂一挑根比較矮的樹枝，腰帶往上一掛，脖子直接靠上去……原來那樣也吊得死人啊。話說回來，那樣吊也不可能馬上死，留吉要是早點發現，好歹能救下茂一。唉，這都馬後炮了……」

村長無奈地搖搖頭。

「留吉放下茂一，讓茂一躺在地上。他心慌意亂，也忘了自己有沒有救人的意思，反正沒多想就衝去放人了。放下來瞧個仔細，茂一也死透了。留吉不曉得該如何是好，就把兩人的遺體藏起來，藏到草叢裡不讓人看到。他以為那樣做，一切就能當沒發生過，肯定是自個兒的白日夢。」

然而，回到青眾組的集會所，茂一和作藏都不在了。

「留吉他心神迷亂，自己也搞不清到底哪件事是真的——說穿了，都是自欺欺人罷了，假裝遺忘一切，還把自己扯的謊都當真了。現在骸骨都找到了，留吉也認命啦。」

如今東窗事發，留吉不得不面對現實了，但他又承受不起，才選擇上吊自殺。

「……還好救下一個留吉，不幸中的大幸啊。」村長用手擦拭淚水。

「茂一成天打架鬧事，但也不該英年早逝。作藏也是，看年輕人早死，難受啊。」

村長神情極為落寞，鈴子和孝冬都不知該如何安慰他。

「啊啊！失禮啦。」

村長回過神來，抬起頭說。

「都忘了跟二位說謝呢。」

孝冬訝異反問：「說謝？」

「多虧二位出手相助，茂一總算安息了，感恩哪。」

村長雙手拄地，低下頭致謝。

「這下弁天像的事情終於解決啦，來拜託男爵果然沒錯啊。」

「好說，我也沒幫到什麼忙。」

孝冬謙虛婉拒謝禮，但村長還是留了三大罈酒。在淡路島，人們拜託花菱家的當家辟邪除妖，都是用酒當謝禮的，也有人用海鮮或白米表達謝意。

鈴子目送村長離去後，詢問孝冬：「接下來方便去村裡一趟嗎？」

孝冬頗感意外。

「是沒關係……妳還有什麼疑慮嗎？」

鈴子搖頭回答。「沒有，不是你想的那樣，我只是擔心阿房罷了。」

孝冬想通了鈴子的意思，微笑道：「那好，我們走吧。」

二人搭車前往村落，車子開過昨天的路口，同樣有個少女蹲在神像前面祈禱，那個少女正是阿房。

今天阿房注意到有車子來，先行起身了。鈴子和孝冬一下車，阿房就對他們行禮，瞧她哭紅了雙眼，大概昨天已經聽說茂一和作藏身亡的消息了吧。

「多謝二位找到茂一和作藏。」

阿房抽抽噎噎地道謝。「還好有找到人，不然他們沒法入土為安，逢年過節也沒人祭拜。人都死了下場還如此淒涼，未免太可憐了。」

「……他們的骸骨，還在警察那裡嗎？」

鈴子找不到話好說，只好問了這麼一個問題。

「對，不過村長說了，盂蘭盆節之前就會送回來。這樣就能好好埋葬祭奠了。」

阿房梨花帶雨的臉上，多了一絲笑容。

「躲在弁天像後邊哭的，該是茂一。作藏沒變鬼來鬧，早早往生了唄。」

「想必是吧。」

作藏的鬼魂並沒有現身。

「一看就是他倆會幹的事呢。」

作藏死於非命卻沒變成鬼，茂一也沒變成冤魂為禍村民，就只是一股腦兒地哭泣。

這時，孝冬想起了一件事。

「對了，他們為何要到山上去呢？一開始不是在弁天像旁邊嗎？」

「總不好在弁天大人旁邊吵架唄。」

阿房說得一副理所當然的口吻。

「說是吵架，講白了也是茂一單方面找碴……作藏肯定是這樣勸他的，不要在弁天大人旁邊嚷嚷。更何況——」

阿房抬頭遠望山區，茂一和作藏就是在那裡找到的。

「作藏啊，沒準是想爬到山上發願祈福。」

「發願祈福？啊啊！就好比參拜高山那樣？」

淡路島的島民每逢新年或農耕時節，會登上先山或諭鶴羽山祈福。

「咱們平時都是去先山參拜，他倆登上那座山，大概也是一樣的意思唄。」

「可是，到底是要求什麼呢？」

「依作藏的為人，一定是想求村人原諒茂一……茂一陪作藏爬山，沒準兒也是想跟他重修舊好。」

阿房眺望山脈，稍稍瞇起眼睛，或許是天光刺眼吧。

「偏偏茂一又是個倔脾氣，為了無聊小事罵罵咧咧的……其實作藏打一開始就沒跟他過不去啊。」

阿房笑罵茂一傻氣，眼中又滲出淚水。

回程的車上，孝冬說話了。

「淡路島的盂蘭盆節，會掛上燈籠祭奠新喪的亡者，那又稱作燈籠木或高燈籠。那兩人的燈籠，由我們來準備吧，茂一沒了父母，作藏的大伯也不知道有沒有那個心。」

「就這麼辦吧。」鈴子也同意孝冬的做法。

窗外的涼風捎來了蟬鳴聲，蒼翠欲滴的山景也美不勝收。

# 百日紅樹下

是日，上午十點前正逢退潮，鈴子和孝冬一同前往島神神社，接下來將要舉行神事。

孝冬的叔公吉衛和叔叔吉繼，已經在社務所前等候了。父子倆換上一身白衣，都是麻料的和服及褲裙，腳上也換成草鞋。孝冬一邊替鈴子繫上草鞋的綁帶，一邊說道：「我們得從懸崖的階梯走下去，穿草屐或打赤腳都很危險。」

換好裝以後，得先焚香才行。吉繼備妥器具，由鈴子負責焚香。銀製的香爐是圓形的，鈴子從沒見過那種香爐，上面還有鏤空的雕紋，香氣就從那些鏤空的地方飄出來。鈴子取下香爐的蓋子，先用炭丸溫熱香灰，再將香木的碎片放上去。沒一會兒工夫，香氣隨著淡淡的煙霧冉冉升起，這是專為淡路之君焚燒的薰香，名喚「汐之月」。香爐上附有鎖鍊，可以直接拎著走。

「那我們走吧。」

孝冬拎著香爐，口吻一派輕鬆自在。鈴子應了一聲好，語氣卻有點緊張。

吉衛和吉繼也沉默不語，這對父子乍看之下不像，唯獨這種時候的表情一模一樣。鈴子和孝冬對二人行禮，離開了社務所。外頭沒有中午那麼悶熱，但一大早悄無聲息的蟬鳴聲，這會兒叫得特別響亮。夫妻倆走到殿堂後方，從卸下標繩的地方走入小徑，走過一片草叢和樹林後，地勢逐漸向下蜿蜒。途中有一道岩壁鑿成的階梯，四周也看不到林木了，階梯外就是一片藍天大海。懸崖本身並不高，但摔下去肯定很痛，水性差的鈴子絕對會溺斃。

「走下去時身體貼著崖壁，不要看大海就不會怕了。」

鈴子遵從孝冬的建議，貼著岩壁往下走，等她走到退潮的洞窟入口，大嘆一口氣緩和緊張的情緒。

洞窟的高度不高，孝冬得彎腰才進得去，寬度倒是足夠兩個人走。洞窟的深度也不深，大步走五步就到底了，走著走著腳都濕了，襪子也都浸潤了海水。

——讓香氣充滿整座洞窟，等待淡路之君現身。

神事的內容大致如此，據說花菱家就是靠這個祭典撫慰淡路之君，但鈴子懷疑這麼做有何意義。

洞窟內陰暗涼爽，鈴子原以為裡面會擺個祭壇什麼的，結果空空如也。就只有一片潮濕的岩壁而已，既沒有藤壺附著其上，退潮後也沒有留下魚兒。這個洞窟平時就在海水中，奇怪的是幾乎沒有生命的氣息。

薰香的氣味變濃了，一種深沉濃烈，卻又哀愁寂寥的香味。鈴子一個不留神，淡路之君已然出現在他們面前了——不！正確來說是出現在鈴子的面前。

淡路之君在半空中俯視鈴子，明眸微開，漆黑的瞳仁映照不出任何東西。面容像蠟一樣慘白，嘴唇卻分外鮮紅，嘴唇微微往上揚，眼珠子卻靜止不動。淡路之君的嘴唇動了，耳朵聽不到聲音，聲音是直接灌進腦海裡的。

——楓落……順江……下河口……

聲音分不清是男是女，但聽起來柔和悅耳。

——寧起波騰現紅流。

鈴子一聽到聲音，瞬間背脊發寒，眼前似乎幻化為一片赤紅景象。她不禁倒退幾步，腳下一滑差點跌倒，孝冬趕緊上前攙扶。

「妳沒事吧，鈴子小姐？」

淡路之君已經不見了，也不知道是何時不見的。

「……淡路之君她……」

孝冬環顧周遭。

「不見了呢。」

「那到底是什麼聲音？」

「聲音？」孝冬訝異反問，鈴子對孝冬的反應不解。

「你也聽到了吧？淡路之君唸出類似和歌的詞句——」

「沒有，我什麼也沒聽到。」

鈴子不敢置信，但孝冬又沒必要騙她。

「妳說淡路之君開口了？而且是和歌？」

鈴子複誦自己聽到的詞句，孝冬一手托住下巴，低下頭沉思。

「楓落順江下河口，寧起波騰現紅流……這和歌似乎有點耳熟，我的文學造詣沒很好，也想不起是哪首和歌。問問吉繼叔叔，他應該知道。」

「他對和歌很熟嗎？」

「應該說，他的文學造詣不錯吧——不過，淡路之君竟然會說話，連我也沒遇過，也沒聽說有這樣的事情。是說，我也沒跟祖父他們聊過淡路之君就是了。」

聽完孝冬的說法，鈴子也不敢肯定那是淡路之君說的話了。

「……或許不是淡路之君開口吧？」

「不！妳是在淡路之君現身後才聽到的，當成她的話來看應該錯不了。總之，先知會叔公一聲吧。今天辦的這場神事，一直以來都是他從旁輔佐，可能他會知道一些端倪。」

洞窟中已充滿薰香，淡路之君也現身了，神事就算圓滿告一段落，鈴子和孝冬決定回到社務所。

「我父母的遺體，就是在那邊找到的。」

離開洞窟前，孝冬指著入口處，說起自己的父母。

「兩人失蹤後，花菱一族和當地漁夫一起出來找人，退潮後才發現他們倒在那裡。」

「……原來是這樣。」

「他們手腳上沒綁繩索，卻是抱在一起死的，大家就推測應該是自殺。當然了，花菱家有下封口令。」

鈴子凝視潮濕的地面，地面泛起陰寒的水氣，濕透的雙腳好冷。想不到孝冬的父母，竟然死在這種冷清的地方，而且這地方更是花菱家受詛咒的象徵。

「竟然在這裡被找到——太可憐了。」

孝冬臉上的笑容，看上去好沉痛，他大概覺得父母的死，也是自己造成的吧。若自己沒有生下來，父母不會如此痛苦，更不會尋短。

鈴子眺望大海，遠方有一道漂亮的水平線。上午柔和的陽光灑落湛藍的大海，溫柔的浪濤聲自有寧靜的氣息。

「……總比漂到沙灘上，被一大群人看到要好吧。」

好歹他的父母在這片海上，靜靜度過了最後一刻，沒有外人打擾。遺體暴露在眾目睽睽之下，對家屬來說也是一大傷害。

孝冬緊繃的表情一放鬆，輕笑一聲說道：「妳總是能替我的情緒，找到一個很好宣洩的出口呢。」

孝冬低下頭，對鈴子道謝。

回到神社後，吉衛和吉繼同樣在社務所前方等候。

「今年也順利辦好了。」

孝冬遞出香爐，吉繼接過後，吉衛點了點頭。玄關備妥了毛巾，鈴子和孝冬拿起毛巾擦拭濕潤的雙腳。

「對了，叔公。淡路之君會說話嗎？」

吉衛正要打開拉門，一聽到這句話猛然轉過身來。

「怎麼？淡路之君開口了？」

「呃，是的……不，也不是我聽到，是鈴子小姐聽到的。」

吉衛以銳利的目光瞅著鈴子。

「我似乎聽到一首和歌。」

鈴子說起了自己聽到的和歌。

「哼，咱不懂和歌那些玩意。」吉衛向一旁的吉繼使了一個眼色。

吉繼立刻說出答案。

「是素性法師⓮的和歌，三十六歌仙⓯的其中一人。」

「是什麼意思的和歌呢？」

「也沒啥複雜，就說楓葉漂到河口，不知是否有紅浪翻騰，差不多是這樣——不！既是淡路之君說出來的，那咱也不敢斷定涵義。」

吉繼尋求吉衛的認同，吉衛點點頭，又盯了鈴子好一會兒。

「聽到開示的媳婦，好久沒出現過嘍。」

「那算……開示嗎？」

鈴子看向孝冬，孝冬歪著頭，同樣不解。

「淡路之君在那座洞窟開示，也不是頭一遭了，都是媳婦聆聽，當家的解釋涵義。可開示不是年年都有，也不是每個媳婦都聽得到。有個說法是，一次開示都沒聽過的，會家運大衰。咱大哥那一代聽過，春實他……你爹那一代就沒有。實秋壓根沒結婚，就甭提了。」

孝冬狐疑反問叔公：「為什麼我都不知道這件事？」

「誰叫你小子到去年都沒討媳婦，咱本想今年神事辦完，不管有沒有開示都要告訴你。但事先告訴你，又怕你分心搞砸神事，那可使不得。」

吉衛瞄了鈴子一眼。

「要是沒開示，咱不打算對媳婦講的。」

鈴子頗為意外。

「是怕我放在心上嗎？」

「嗯，這，那是……」

吉衛低下頭來，神色哀戚。

「當年咱告訴了春實的媳婦，害苦了她呀。」

「有這回事？」

孝冬對此非常訝異。

「母親她很介意嗎？」

⓮素性法師：平安時代前期至中期的歌人、僧侶。

⓯三十六歌仙：日本公卿、歌人藤原公任《三十六人撰》所載的和歌名人三十六人之總稱。

「她怪自己得不到淡路之君青睞，才遭致家門不幸，心中一直放不下——」

吉衛話說到一半，又慌張改口。「不對，其實她也沒那麼在意。」

——家門不幸。

孝冬不說話了，他一定認為，家門不幸指的是他出生這件事吧。

吉衛乾咳一聲說道：「明治以後神社面臨諸多變革，那才是神職世家紛紛擾擾的原因，這點咱也跟你娘親說過了。」

鈴子又是一陣好奇。

——這位老爺子……他是顧慮到孝冬的感受才改口的吧，不然沒必要多說那一句。

「這些小事無關緊要，快快換裝收拾一下。」

吉衛一臉嚴肅地吩咐完，帶著吉繼進入玄關旁的房間，用力關上拉門。

「我們去換裝吧，鈴子小姐。」

鈴子望著緊閉的拉門和孝冬，點點頭沒說什麼。現在把吉衛的用心告訴孝冬，孝冬也不會欣然接受吧。

當天下午，阿若從花祥育幼院回來了。她進房向鈴子道謝，鈴子勸她不妨再多休息一段時間，她卻一臉困擾地湊上前說：「呃呃，夫人……我去育幼院時聽說有鬧鬼吔。」

阿若的語氣很凝重。

「花祥育幼院鬧鬼？」

阿若搖搖頭回答。「不是的，離育幼院有一段距離，在靠近海岸的十字路口，那裡有一株百日紅——就很大棵的樹，每到這個季節會開紫紅色的花朵。樹木本身很漂亮，但樹下有鬼魂現身呢。」

「真有鬼魂？」鈴子再三確認。

「真有鬼魂。」

阿若點點頭複誦一遍。

「似乎是一個朝聖的少女——」

「朝聖……啊啊！聽說淡路島有不少信仰聖地是吧？」

「就觀音菩薩、藥師如來的信仰聖地，觀音菩薩有三十三處，藥師如來有四十九處，兩邊加起來有八十二處。」

「真多呢。」

「數量是不少，但這畢竟只是一座島嶼，全部朝聖完頂多兩個禮拜。村子裡那些適婚期的少女會結伴同行，聽說不去朝聖的人就嫁不出去，去的人能及早締結良緣。」

「還有這回事？」

鈴子以為朝聖都是虔誠的老家人幹的事。

「那活動本身應該挺熱鬧吧。」

「對，那些女孩子會吟唱詩歌、手搖鈴鐺……通常都是農活忙完的晚春時節，戶外有不少女孩都穿著同樣的朝聖服裝，人們一看就知道又是朝聖的季節了。」

一群少女漫步在生機盎然的綠地上，這景象光想就好悠閒。

「所以有朝聖女子的鬼魂？」

「就一個，穿著朝聖用的衣服，手上搖著鈴鐺，還吟唱詩歌，像這樣——」

阿若舉起右手，從左邊晃到右邊，又從右邊晃到左邊。

「那個少女好像一直來回走動。不對！是走沒幾步就消失了，接著又冒出來，才湊近一點又消失了，就這樣反反覆覆……」

「妳說在百日紅樹下？」

「對。」

「一直來來回回？」

阿若點點頭，歪著脖子想了一會兒。

「在我看來是那樣，當時跟我在一起的那些小孩，也有幾個人看到那少女來來回回。有的小孩只聽到吟唱詩歌的聲音，還有那種完全聽不到也看不到的。」

「育幼院的孩子也跟妳在一起？」

「我帶那些孩子去松帆的松樹林散步，途中有一個十字路口……那一帶的海岸有大片漂亮的沙灘，松樹林也很美呢。」

「喔喔，這樣啊。」

鈴子對這邊的地理不熟悉，阿若逐一講給她聽。

「聽妳講得那麼漂亮，我都想去看一看了——況且，鬧鬼的事我也滿在意的。」

「夫人，您願意去看一看嗎？」

阿若稍微放了一點心。

「那個啊，我看那少女低著頭，無精打采的，所以有點擔心……」

阿若說完這段話，才恍然大悟。

「啊！鬼魂本來就不會太有精神嘛。」

阿若羞得整張臉都紅了，鈴子也被逗笑了，她非常喜歡阿若這種純真的性情。無論對方是死是活，只要看上去無精打采，阿若都會表示關心。

「反正，我本來就打算去花祥育幼院一趟。那片松樹林我也會去看一看。」

阿若雙手拄地，向鈴子道謝。

「——就是這麼一回事，明天我想去花祥育幼院一趟，好嗎？」

到了晚上，鈴子徵詢孝冬的意見。午後他們和幹雄一起調查族譜和略傳，可惜費了半天工夫都沒新發現，徒增一身疲勞。阿若回來後鈴子暫時離席，孝冬和幹雄繼續埋頭苦讀。後來，富貴子硬拉鈴子一起去買東西，直到現在才有時間跟孝冬好好聊一聊。兩人吃完晚飯，洗完澡後，終於可以促膝長談了。

「當然好，我本來就打算去一趟了。」

孝冬話題一轉，坐到鈴子身旁。「妳在忙什麼呢？」

鈴子前面擺了好幾條半衿假領，一條淡綠色的有流水和飛鳥染紋，另一條淡紫色的有石竹和胡枝子的刺繡，紫色的有石竹和水珠的刺繡，淡黃色的有牽牛花的刺繡……五顏六色的假領擺在面前，鈴子拿起來逐一比對，又放了回去。

「我在煩惱明天的和服要搭配哪一條。」

牆邊的衣架上掛著明天要穿的和服，那是一件有不同色彩漸層的青瓷色和服，上頭有向日葵、百合、胡枝子、桔梗和石竹等花紋，配上芭蕉的葉片紋。花紋的線條十分醒目，但整體的綠色調性相當清爽，鈴子很喜歡這件和服。

「腰帶我打算用那條。」鈴子指著隔壁的衣架，白色的腰帶上有燕子和漩渦的圖樣，極具夏季風情。

腰帶的內襯布是白色的，外頭的綁帶未經染色，還有繡上金色的絲線。

「腰帶飾品我想用帆船的……」

鈴子話說到一半，孝冬就察覺她的意思了。

「啊啊！我懂了。腰帶上的漩渦，就形同鳴門海峽的渦流是吧？」

孝冬說對了，腰帶的內襯和綁帶是白色的浪濤，難得孝冬注意到她的用心和搭配，鈴子莞爾一笑。

「那麼和服就是陸地，在百花盛開的丘陵上俯視渦流，海面上有層層白浪和帆船。既然是這種意境，假領也選用花朵的比較好吧？」

「你認為哪一款好？」

「要我來選？」孝冬似乎很訝異。

鈴子說道：「你的領帶也都是我選的啊。」

「是沒錯啦——嗯，這麼說也有道理，那好……」

孝冬一臉害臊，不好意思多說什麼。他看著那幾條半衿假領，猶豫老半天，表情也十分嚴肅，活像遇到工作上的重大決斷一樣。鈴子看他挑得那麼認真，心中有種飄飄然的感覺，說不出的奇妙。

「——我想，還是這款好。」

孝冬終於選了紫色紗羅質地的假領，上面有石竹和水珠的刺繡。

「紫色很適合妳，石竹楚楚動人的美感也恰如其分。況且，水珠的刺繡很像浪花，跟腰帶也相得益彰吧？」

說也奇怪，聽完孝冬的說法，似乎沒有比這更合適的選擇了。

「的確，挺有道理呢。」

鈴子大為贊同，孝冬也放心了。

「讓別人挑真是好主意，現在我稍微明白，你讓我挑領帶和袖扣的用意了。」

「是嗎？」

「透過別人的眼光，可以做出更精確的判斷。」

孝冬面露苦笑。「我請妳幫忙挑的重點不在這裡啦……」

「那不然呢？」

「妳願意為我花時間，這本身就是一件很開心的事情啊。」

鈴子喜歡挑選衣飾，所以才幫孝冬搭配衣著，並沒有他講的那麼誇張。可是，孝冬的想法她也不是不明白。因為，剛才鈴子心中也有一絲同樣的想法。

「那妳也幫我挑吧。」

語畢，孝冬到隔壁房去拿自己的行李。

「白色的麻料西裝，跟妳的和服比較搭吧——」

鈴子收拾假領，也沒忘了思考孝冬的穿搭。鈴子依稀記得，孝冬有一件夏季背心同樣是青瓷色的，上面有白色的格紋，那件背心正好搭配白色的麻料西裝。鈴子建議孝冬準備那件背心，孝冬果然在衣架掛上了那件背心。鈴子從行李拿出領帶的收納盒，從中取出好幾條領帶比對，有藍色的、銀灰色的，也有花紋點綴的。

鈴子拿了一條翠綠色的給孝冬。「這一條你看怎麼樣？」

「真不錯，很有夏天的感覺呢。」孝冬喜笑顏開。看他高興，鈴子也放心了。

鈴子再從飾品收納盒中，挑選領帶夾和袖扣。她選了一個錨型的金屬領帶夾，以及有石竹花紋的琺瑯袖扣，領帶夾上有一顆珍珠，象徵海水的泡沫。

孝冬到鈴子身旁坐下，看著她挑選的領帶夾和袖扣。

「貓和石竹……跟妳的服裝很相配，太棒了。」

「珍珠和水晶的袖扣，是不是比琺瑯的好一點啊……」

鈴子拿起其他袖扣，苦思良久。

「不會，我也挺喜歡這款琺瑯袖扣的，而且妳的假領上也有石竹嘛——啊啊！對了，妳的髮飾要挑哪一款？」

孝冬摸了一下鈴子的頭髮。

「我打算用石竹的髮飾。」

「那就更應該用這一款琺瑯袖扣啦。」

「用這種方式決定好嗎？」

「當然好，沒有比這更快樂的方式了。」

孝冬的表情是真的很開心，鈴子心想，只要他開心就好了。孝冬用手指梳理著鈴子的秀髮調情，笑咪咪地說：「真希望明天快點來。」

湊港位於倭文川、三原川和大日川匯聚的河口，各大河川的土砂沖積成港灣，海象相對平穩，船舶易於靠岸，是天然的優良港口。多虧這樣的地理條件，不難想像這裡自古以來交通有多發達。時至今日，湊港也是熱鬧的港都。

花祥育幼院位於山腳下，離港都稍有一段距離，位置僻靜，四周只聽得到鳥兒啁啾和蟬鳴聲。廣大的腹地讓鈴子開了眼界，院中有好幾棟瓦房，中央還有大庭院，小孩子就在庭院玩捉迷藏。鈴子在正對庭院的房裡，看著小孩玩耍，耳邊不時傳來嬉鬧的歡笑聲。

「山林就在旁邊，孩子們夏天就跑去撿蟬蛻，秋天就去找橡實，找到統統擺在院長室的窗邊呢。」

院長講起小孩子，笑得很愉快，這位院長年過六十，體格高大卻又彬彬有禮。嘴邊留了一圈鬍子，笑起來眼睛都瞇成一條線，長得很福氣。

「這裡的孩子最大十五歲，最小的還在襁褓裡呢。我們有請奶媽，也有教書和教裁縫的老師。」

據說，現在院內有三十多個小孩，稱得上是大家庭了。

「也還好，這人數不算多。岡山那邊的孤兒院，人數更可觀呢。」

「多虧院長的用心，育幼院才能順利營運下去啊。聽說最近善款也增加了是吧，一定是院長的仁德感召。」孝冬坐在沙發上，講了幾句客套話。

「不敢當不敢當……這都要歸功於內人，還有這裡的所有員工啊。」

育幼院的內務由院長夫人掌管，院長主要負責對外交涉工作。

「看慎一郎和阿若過得不錯，真是太好了。」

打從鈴子他們造訪育幼院，院長就說過幾次同樣的話了，現在又重複了一次。

「哎呀，平安健康就是福啊。」

院長說完還點了點頭，對自己的話深表認同。

今天——由良慎一郎和阿若也偕同造訪育幼院，他們在庭院陪小孩子，應該說是小孩子央求他們相陪才對。鈴子望向窗外，由良被小孩子耍得團團轉，阿若坐在一旁的小長凳上，教小女孩拋繡球。

「都是很有禮貌的好孩子呢。」

鈴子看著小朋友有感而發，院長反而有些困惑。

「這，是這樣嗎？其實，禮貌才是最難教的一環呢……」

院長似乎聽不出鈴子是真心讚美，還是在出言諷刺。鈴子看出了對方的疑慮，又補充了一句。

「跟貧民區的孩子相比，那是好太多了……」

貧民區的孩子每天都過得很辛苦，不是當大人的小弟，就是當小弟的小弟。小小年紀還不懂事，就幹盡了各種偷搶拐騙的勾當。

院長越聽越困惑了。「啊啊！夫人曾在貧民區做過慈善活動是嗎？」

院長自行找到一個合理的解釋，鈴子也懶得細說自己的身世，就當這麼一回事了。

「夫人對慈善活動有心，那是再好不過了。對慈善活動沒有心的人，也不太願意支持我們啊。」

院長的表情沉了下來。

「花菱家的人，有表示意見嗎？」

孝冬聽出了言外之意，主動深入這個話題。

「呃呃，這……老爺子和吉繼先生待我們不薄，就──」

「喜佐嬸有怨言？」

「是，她懷疑我們鋪張浪費，要求節省開銷──」

孝冬嘆了一口氣。「真令人頭疼啊。」

「這個嘛，內人脾氣也很剛硬，直接拿出帳簿給她看，還說『我們可沒夫人那麼鋪張浪費』，就把她趕走了。」

「尊夫人靠得住啊。」

起初孝冬只當笑話聽，但他轉念一想。

「可是，日後就麻煩了。現在叔公還手握實權，應該不至於出什麼亂子……」

吉衛死後換吉繼掌權，會怎麼樣就很難說了。

院長微笑道：「到時候再煩惱吧。」

「好在老爺子還很健壯啊。」

「是啊，我那叔公，再撐個十年沒問題吧。」

孝冬也笑了。「萬一情況有變，歡迎隨時聯絡我。」

院長低頭致謝。

「有您這句話我也安心了。令尊和令兄也很關心孩子，常常來這邊視察呢。」

院長眺望庭院，緬懷往日時光。

「是這樣嗎？」

院長依舊望著庭院，沒注意到孝冬臉上陰鬱的神情。

「令尊總是帶著令堂一起來……令堂溫柔慈祥，小孩子也很喜歡她。唉唉，兩位都是大好人啊……」

院長憶起當時情景，眼眶泛淚。

跟院長打完招呼，鈴子和孝冬也來到庭院，阿若跑了過來，由良好不容易甩開一群小男生，這才姍姍來遲。由良氣喘吁吁，後面那群小男生又追了上來。

「你真受歡迎呢。」

鈴子有感而發，阿若和孝冬都噴笑了。

「小慎……由良先生從以前就很有孩子緣喔。」

由良累得說不出話來。

「他離開淡路後，也常陪老爺的大哥回來——」

「阿若。」

由良以冷硬的語氣叫住阿若。

「少多嘴。」

阿若訝異反問：「我哪有多嘴？」

由良別過頭啐了一聲，拍拍身上的塵土。

「我大哥很擅長照顧小孩。」

孝冬面露微笑，對鈴子說起自家大哥。

「可能是常照顧我的關係吧。」

鈴子總覺得那笑容看起來好沉痛。

「你大哥他，喜歡小孩嗎？」

「我也不清楚……應該是不討厭才對，不然也不會造訪這裡了。」

孝冬斟酌著回答鈴子的疑問，不料——

「您真的什麼都不知道啊。」

由良用一種冷漠的語氣和諷刺的笑容，說出了這句話。大伙都不說話了，阿若也對由良的反應感到意外，一時說不出話來。

「——你這話什麼意思？」

鈴子壓抑自己的情緒質問由良，她對由良講話的口氣從未如此尖銳，連她自己都覺得有些意外。由良面色凝重，低頭不語。

「聽你的說法，上一代男爵造訪此地是有原因的。而你知道原因，還不快說出來。」

「這……」

「由良。」

鈴子厲聲逼問由良，孝冬拉拉鈴子的手臂。

「鈴子小姐。」

鈴子回過身，只見孝冬搖搖頭說。

「算了吧。」

「怎麼能就這樣算了？」

「妳嚇到小孩子了。」

鈴子看著由良身後的小朋友，每一個人都惶惶不安地仰望鈴子。鈴子亂了方寸，閉上嘴不再說話了，她本來就不是一個討喜的人，又缺乏表情變化，更不懂得安撫小孩。

「剛才是由良先生不對喔。」

阿若出來打圓場了。

「你不該用那種態度對老爺說話，太沒禮貌了，被辭退也不足為奇喔。」

阿若瞪了由良一眼，似乎真的生氣了，由良尷尬地轉移視線。

「算了，沒關係。」孝冬勸慰阿若。

「由良心目中的當家，依舊是我大哥，我其實並不介意。」

由良訝異地看著孝冬，孝冬一望向他，他又趕緊別過頭。由良的表情變化鈴子都看在眼裡，他的臉上夾雜了尷尬、羞愧，以及憤怒的神色。最後他背對眾人，跑到庭院的角落。

「等一下，由良先生——」

阿若正要叫住由良，孝冬卻說：「讓他一個人靜一靜吧，對由良來說，這座島嶼充滿了他和大哥的回憶——我們乾脆利用這段時間，去看百日紅吧。妳說如何，鈴子小姐？」

鈴子長吁一口氣，按住自己的腰帶。由良坐在庭院角落的長凳上，神情落寞。鈴子觀察了一下孝冬的臉色，同意了他的提案。

「……你都開口了，就這麼辦吧。」

鈴子又嘆了一口氣。

「想不到會從你口中，聽到我平常用來勸你的話。」

河岸對面就是松樹林，松帆的松樹林自古就是一大名勝。阿若在前頭帶路，走進松樹林旁邊的小徑。

「那一天，我們是打算去海岸的，不過百日紅的花開得很漂亮，我就想起那邊有一株很大的百日紅——」

換句話說，阿若去海岸之前，順道去看了百日紅。鈴子順著阿若指示的方向望去，民房的屋頂後面，確實看得到紫紅色的花朵。

「呃呃……老爺。」

走著走著，阿若回頭端詳孝冬的臉色。

「由良先生他啊。」

「嗯？」

「其實，我相信由良他，也是真心服侍老爺的。」

阿若講話斷斷續續，可能是在斟酌用詞吧。

「不然，他應該不會希望我來花菱家工作，畢竟是他幫我跟田鶴女士說情的……」

田鶴是花菱男爵家的女侍長。

「如果當家的不值得信賴，他是不會推薦我來工作的。的確，他一開始服侍的是老爺的大哥……也非常仰慕那位大人……所以才有複雜的感情吧。可是，該怎麼說呢，我想他並不討厭老爺。」

阿若絞盡腦汁，把自己的想法傳達給孝冬，孝冬的臉上略帶苦笑。

「我知道由良工作很認真。放心，我不會辭退他的。」

孝冬以為阿若是在替由良說情，阿若失落地低下頭說：「我不是那個意思……」

鈴子打岔了。「孝冬先生。」

「怎麼了？」

「阿若是由良的青梅竹馬，由良的為人她很清楚。你就好好地接受她說的話吧。」

「這樣啊……」

看孝冬的表情，好像不太理解鈴子的意思，他一向覺得自己是個沒價值的人，有時候鈴子也不知該怎麼說他。

「……也罷，之後我去跟由良談談。」

由良剛才說，孝冬完全不了解自己的大哥，鈴子很在意這句話的真意。

「妳不用這麼做沒關係啊。」

「做妻子的，本來就該關心傭人和家裡的事情——況且，我很擔心你。」

「咦？」

「我希望你過上平順健康的人生，所以我會去做我該做的事情。」

孝冬一臉驚訝，但鈴子所說的一切，都只是為人妻子應盡的義務罷了。看他這麼驚訝，鈴子反而覺得奇怪，難不成，他以為自己沒人關心的嗎？

「我一直過得平順健康啊。」

孝冬完全搞錯重點，鈴子被逗笑了。

「你這人實在是……遠比我當初想的還要怪呢。」

聽了鈴子嘀咕，孝冬還是一臉懵懂。

阿若指著前方的一棵樹，那是一株很高大的百日紅，樹齡應該很老了。枝頭上開滿紫紅色的花朵，在藍天下十分耀眼。

「就是那棵樹。」

在田地和雜草叢生的空地之間，有幾座民宅，以及掛著旗子販賣點心和茶水的茶鋪。道路並不寬敞，來往的人潮卻不少，除了當地居民以外，還有朝聖的團體，可能觀音菩薩或藥師如來的寺廟就在附近吧。東京常見的賣冰小販和賣藥小販，這裡也有，另外還有擺攤賣甜點的。比較罕見的是賣魚的婦女，頭上頂著一個大竹籠，雙手抓著竹籠的繩子，走起路來也沒搖搖晃晃。

一行人靠近百日紅樹下的路口，鈴子在熙來攘往的人潮對面，看到了那個女鬼。女鬼混在人群當中，鈴子差一點就沒看出來。

樹下的女鬼戴著一頂斗笠，斗笠的綁帶是紅色的，和服下襬拉高撩起，四肢上有紫色的袖套和綁腿，肩上還掛著頭陀袋⑯。女鬼來來往往，跟阿若說的如出一轍，一下從右邊走來，忽然消失在人群中，又從左邊出現，就這樣反反覆覆。手上拿著鈴鐺，還聽得到類似歌聲的聲音。

鈴子湊上前觀察，女鬼的眼睛鼻子都被斗笠遮住了，但從剩下的輪廓不難發現，那是一個年輕女子。年紀和鈴子差不多大，或許再小幾歲吧，黝黑飽滿的臉頰吹彈可破，鼻子雖然不太挺拔，嘴唇卻小巧緊實。鈴子甚至看到斗笠的紅色綁帶，陷入女鬼下巴的肌膚。

那小巧可愛的嘴唇動了一下，發出悠揚的歌聲，歌詞本身不難懂，但唱腔和旋律獨特，鈴子無法肯定整首歌的涵義，這就是所謂的詠歌嗎？

「可能是某間寺廟的詠歌吧。」

孝冬聽出了一點門道。

「某間寺廟的詠歌……什麼意思？」

「朝聖路上有諸多寺廟，每一間都有不同的詠歌，信徒去參拜時，會吟唱那些詠歌。信徒出發朝聖之前，會先花一、兩個月的時間，在村子裡練習詠歌。」

「原來是這樣。」

鈴子豎起耳朵仔細聆聽。

「……她好像一直在吟唱同一首詠歌。」

「沒錯，離這裡最近的是感應寺，是那邊的詠歌嗎……？阿若，妳知道這是哪一間寺廟的詠歌嗎？」

阿若搖搖頭說：「我聽不太清楚，而且也沒有去朝聖過……不好意思。」

「沒關係，別介意。那我們盡量記下來，之後去問懂的人吧。」

鈴子心想，好在這條路上有不少朝聖的人路過，隨便抓個人來問，總會問到答案吧。

「一開始的歌詞好像是『山瑛』……再來是『喜』……『獻佛』……」

孝冬一邊唸著聽到的歌詞，一邊走近百日紅，鈴子也緊隨在後。

女鬼稍稍低著頭，他們總算看清女鬼的面貌了。從斗笠的陰影中，可以看到稚氣未脫的鳳眼，一雙濃眉未經修飾，卻有幾分討喜。

遠遠看上去，女鬼走起路來有些許落寞；近看才知道，女鬼身上毫無哀傷陰鬱的氣質，

---

⑯頭陀袋：為頭陀行人所攜的背囊。

純粹就是一個天真開朗的女孩子，漫步在晚春的陽光下。

——到底出了什麼事……

為什麼一個年輕女子，會化為鬼魂在這種地方徘徊呢？

孝冬走到女鬼面前，想把歌詞聽仔細一點。耳邊傳來鈴鐺的聲音，隨後鈴子聞到一股濃烈的香氣。

「——啊。」

鈴子察覺異狀，正想拉住孝冬的手臂，可惜已經太遲了。淡路之君現身了，她出現在鈴子和孝冬之間。有那麼一瞬間，鈴子似乎看到她回過頭獰笑。

古裝的衣袖翩然飛舞，猶如美麗的波浪翻湧，黑色的豔麗長髮隨之揚起，淡路之君緩緩移動身形，一眨眼工夫已經罩住那個女鬼了。寬大的衣袖和飄散的秀髮，徹底蓋住了那個女鬼，鈴聲就此斷絕，也聽不到詠歌的聲音了。

淡路之君往後一退，女鬼也不見了。只見淡路之君身形淡化，化為一道飄搖的煙霧纏繞在孝冬身上，最後消失無蹤。

鈴子和孝冬都愣住了，整件事前後不到幾秒鐘時間。阿若衝上來關心他們，問他們有沒有怎麼樣，二人才終於回過神來。

「那個女鬼——就年輕女子的鬼魂，好像消失了吔？」

阿若大呼不解，似乎沒看到淡路之君。

二人詢問阿若。「妳看到消失的過程了嗎？」

「沒有，我沒看到……我只聞到一陣香味，就看不到那個女孩子了。」

果然，阿若看不到淡路之君。原來不是每一個有陰陽眼的人，都看得到淡路之君。

——既然如此，為什麼我當初看得到？

鈴子第一次見到孝冬時，就已經看得到淡路之君了。要不要被看到，也是淡路之君決定的嗎？還是因為鈴子看得到，才被淡路之君挑上的？

「或許那女孩子安息了吧，有人注意到她的存在，她應該也沒遺憾了才對。」

這話是孝冬說來安慰阿若的，孝冬自己當然不是這樣想。

「這樣啊……那就好。」

阿若還是有些不解，但鬼魂確實消失了，她也放寬了心，臉上不再憂愁。

「我以為淡路之君不喜歡那種鬼魂……」

孝冬對鈴子說悄悄話，沒讓阿若聽見。

「看樣子，是我不小心靠太近了。」

「淡路之君不是喜歡那種滿腔恨火、飽嘗辛酸的鬼魂嗎？在我看來，那個女孩不像那種鬼魂啊……」

鈴子輕撫孝冬的手臂，他們都不忍心看鬼魂被吞食，連死後都無法安息，還落得被吞食殆盡的下場，並不是夫妻二人所樂見的。孝冬也摸摸鈴子的手，輕拍了兩下。鈴子仰望孝冬，看到了溫和的笑容。

「那個女孩若是出來朝聖的，可能就這樣客死異鄉了。而且又是個年輕女孩，才會留下強烈的思念吧。」

「……她想回到家鄉嗎？」

所以那女孩才一直走來走去？因為死了以後，找不到回家的路，也不知道該如何往生。

「要查看看嗎？」

孝冬詢問鈴子。

「來查一下那女孩的身分還有她的故鄉吧。」

「她的故鄉……」

「只要查出她的身分，就可以聯絡她家皈依的寺廟，請住持做一些經懺供養，畢竟我們跟她也算有緣嘛。」

緣分，鈴子對這個說法心有戚戚焉。現在，能夠追尋那位少女生前軌跡的人，只剩下她和孝冬了。

「就這麼辦吧。」鈴子也同意了。

夫妻二人決定先調查女孩吟唱的詠歌，他們先讓阿若回育幼院，再前往附近的茶鋪。那裡有一群朝聖的中年婦女在休息，婦女們摘下斗笠，喝著甜酒談笑風生。鈴子和孝冬一進茶鋪，就坐到那些婦女的旁邊。

「要吃點糰子嗎？」

孝冬都說了，鈴子也不反對。點完甜酒和糰子後，孝冬立刻對一旁的婦人搭話。

「各位太太，妳們都是來朝聖的嗎？天氣這麼熱，很辛苦吧？」

需要打聽消息的時候，孝冬長相帥氣又溫文儒雅，陌生人也樂意跟他交談。好比現在，他才聊了幾句，就已經跟那些婦人打成一片了。鈴子吃著糰子，樂見其成。

「這位大爺，您倆是夫妻啊？打哪來啊？哎呀，東京來的！難怪看上去氣質出眾、落落大方。」

「哈哈，多謝讚美。各位要不嫌棄的話，我請妳們吃糰子吧？」

「那真是太好啦！」婦人們無不歡欣鼓舞。

「各位朝聖沒有其他男士同行嗎？好比嚮導什麼的。」

「咱們去過好幾回啦，早習慣了。說穿了就是出來遊山玩水，走避嘮叨的公婆。」

婦人們哈哈大笑，性情十分爽快。

「大爺，您倆也可以去朝聖啊，夫妻朝聖很常見的。」

「唉唷，那些不是夫妻去朝聖，都嘛是大阪的有錢人帶著藝妓出來玩。」

「那之前那對呢？前些日子，不是有一對朝聖的夫妻溺斃，還被沖到岸上來？」

「還前些日子咧，都兩、三年前了好唄？而且不是溺斃，是墜崖死的。」

「屍體還被魚群啃得亂七八糟，好像是明石那邊來的唄。」

婦人們一手拿著糰子享用，聊到血腥的話題也不以為意。後來，她們還抱怨起了自己的丈夫和公婆，絮絮叨叨說個沒完。

等她們吃完糰子，心滿意足以後，孝冬切入正題。

「對了，我也聽過一首詠歌呢——」

孝冬唸出那首詠歌，向婦人們請教來歷。

「好像是『願借山瑛喜獻佛』——我也不確定自己有沒有記錯。」

婦人們馬上就聽出這是哪一首詠歌了。

「啊啊！這是鼻子山觀音的詠歌啦。」

一旁的婦人從頭陀袋拿出一本小冊子，讓孝冬觀閱，那是專門用來記錄詠歌的，上面確實寫道「願借山瑛喜獻佛」。

「喔喔，是鼻子山觀音的……原來如此。」

詠歌旁邊還寫了「幡多村觀音堂．三原郡幡多村．當國三十三所第十二番」。

「那間寺廟本來歸在二宮⓱啦，後來政府說不能混在一起，就搬遷到現在的觀音堂了。也沒住持，就一間小寺廟。」

孝冬再次點頭稱是。「原來如此，從神社分出來的就對了。」

淡路島的二宮是指大和大國魂神社，觀音被遷移出來，也是神佛分離的政策造成的吧。

——為什麼那女孩會吟唱這首詠歌呢？

孝冬說，那一帶最近的寺廟是感應寺，但女孩吟唱的不是感應寺的詠歌，可能和那間觀

⓱二宮：一種神社等次的分級方式。

音寺有某種淵源吧。

孝冬向婦人道謝，把小冊子還給婦人。那群中年婦女吃飽喝足便走了，孝冬問鈴子有什麼看法，鈴子喝著甜酒，想了一會兒。

「那女孩可能跟觀音寺有某種淵源……或是住在那附近吧？」

「幡多村現在被併入榎列村，離這裡不算太遠，算是在內陸一帶吧。若說到淵源，就比較麻煩了，那尊觀音本來在二宮那邊，說不定她以前就住在那附近。當然了，那座神社也在榎列村，不在太遠的範圍之外。」

聊著聊著，有人插話了。「二位客官。」

後方突然有人搭話，鈴子和孝冬吃驚回頭，說話的人是一名五十多歲婦女，似乎是這家茶鋪的老闆娘。體格健壯厚實，身上穿著一件深藍色帶白紋的和服，腰上繫著圍裙，挽起的衣袖中，隱約可見兩條粗壯的臂膀。

「怎麼了嗎，老闆娘？」

孝冬以親切的笑容問話，婦人也不陪笑。

「咱可不是老闆娘。」

婦人接著說：「咱是賣點心的，幫這兒的老闆顧店，賣些自家的點心。」

「喔喔，原來是這樣。那麼——請問有何指教呢？」

該付的錢孝冬都已經付清了，連同剛才請客的錢也一併付了，因此不了解對方到底有何用意。

「大爺您方才談到的話題。」

「方才的話題？……妳是指？」

「就鼻子山觀音的詠歌。」

「是。」

「您為何要問那個問題？」

「這，妳這樣問我也不好回答啊。」孝冬看了鈴子一眼，鈴子代丈夫說話了。

「鼻子山觀音的詠歌，有什麼特別讓妳在意的嗎？」

賣點心的婦人噘起嘴巴，鈴子擔心是不是自己語氣太拘謹，惹對方不高興了？

「這事也不知該不該跟二位客官提起。」

婦人壓低音量，說出了上面這句話。看樣子她並沒有不高興，只是很猶豫該不該跟眼前的客人說老實話。

孝冬和鈴子對看一眼。

「跟那個路口的百日紅有什麼關聯嗎？」

孝冬用旁敲側擊的方式，就可以知道婦人要談的話題，是否跟那女孩有關了。

賣點心的婦人瞠目結舌。

「您、您怎知道啊——」

還真猜中了，這位賣點心的婦人似乎認識那女孩。

鈴子繼續追問對方。「是不是有個朝聖的年輕女孩，路過那棵樹下呢？」

賣點心的婦人臉色發青，點了點頭說：「怎麼，客官認識那位女孩嗎？不對！看著也不像呀，那都十年前的事了……」

「十年前，妳見過那女孩嗎？」

「應該說……咱看她暈倒在半路上。」

語畢，賣點心的婦人一屁股坐到二人旁邊。反正沒其他客人，婦人也下定決心要說起這件事了。

「朝聖的人暈倒在樹下，也不是啥稀罕事，咱看到嚇了一跳，但也沒太著急。反正這茶鋪有一間小客房，讓她到那裡歇一會兒，餵點茶水稀飯啥的，應該就會好起來了……」

賣點心的婦人沉默了。「不料她氣息越來越弱，咱發現情況不妙時，已經太晚啦。那女孩沒氣了，年紀輕輕就走了，真可憐啊。」

原來那女孩暈倒在百日紅樹下，就這樣斷氣了？夫妻二人聽懂了前因後果，但這和鼻子山觀音有何關聯呢？

鈴子正感納悶，賣點心的婦人又說：「咱把那女孩帶來的時候，她都快沒氣了，可嘴裡一直哼著鼻子山觀音的詠歌。」

——竟然有這樣的關聯。

鈴子稍微探出身子請教婦人。

「那名女孩的身分，妳有什麼頭緒嗎？好比名字或故鄉之類的。」

「沒有，咱沒一樣清楚的，她身上也沒啥東西，能看出她的身分，都還來不及問她姓甚名誰，就死透了啊。」

「不過，她是來朝聖的吧？總有一些——」

孝冬話還沒說完，賣點心的婦人搖搖頭，一臉困惑地說道：「咱起先也是那樣想。一開始咱忙著照料她，也沒看得很仔細。後來仔細一瞧，才發現她身上的裝扮，並不是朝聖的裝扮，只是看著相似罷了。」

「咦？」孝冬和鈴子面面相覷，腦海中回想著那個女鬼的扮相。沒記錯的話，那女鬼身上的裝扮，跟剛才那些朝聖的中年婦女沒兩樣啊。

「那一身衣服，確實很像朝聖的衣服。下襬拉高高，四肢還套著臂套和綁腿，身上也揹著頭陀袋。可是，她頭上沒戴斗笠，髮髻也亂糟糟的，而且沒帶鈴鐺。哪有人這樣朝聖的？所以啦，咱猜想她不是來朝聖的，只是佯裝成朝聖的模樣。」

「佯裝朝聖的模樣？」

還有這種事？況且，佯裝成朝聖的模樣有何好處？

「妳認為，她是裝成朝聖者的乞丐嗎？」

孝冬想再問得更詳細一點，賣點心的婦人搖搖頭，也不敢肯定。

「這可難說嘍，咱也不清楚……打扮成朝聖者，能向善心人家蹭幾頓免費的食宿嘛。可話說回來，要蹭食宿也該裝得像一點啊。」

「這，確實有道理。」

那麼，少女為什麼要打扮成那樣？

賣點心的婦人語帶保留，不再說出自己的臆測。

「是說，人死為大嘛。咱就找了和尚來，幫她唸經超渡，讓她入土為安，還供了個無主牌位。」

「這是大好事，功德一件啊。」

賣點心的婦人聽了挺高興，說道：「那和尚也這麼說啊。」

「所以，至今都還不知道她的身分嘍？」

鈴子請教賣點心的婦人，婦人給了一個否定的答覆，望向百日紅回憶當年。

「像那種樹木啊，都是種來當路標的，一般是種松樹或朴樹居多啦。樹木長大以後，挺顯眼嘛，那一株百日紅的花朵大紅大紫，遠遠看上去也很醒目不是？」

——這麼說來，那女孩也是循著那棵樹一路走來的？

「那女孩啊，也沒穿草鞋，就光著腳走。」

賣點心的婦人直盯著百日紅，又說出了一點線索。

「也不曉得她光著腳走了多久，腳上傷痕累累啊。」

婦人語重心長地說，那女孩實在太可憐了。

「我們先回花祥育幼院吧。」

孝冬向賣點心的婦人道謝後，離開了茶鋪，提議先回育幼院一趟。

「先跟由良他們會合，找個地方吃午飯，之後再去榎列村。」

鈴子一抬頭，發現太陽已經在正上方了，外邊暑氣大增。到陰暗處還挺涼爽的，一離開陰暗處肌膚就曬得發疼了。鈴子有陽傘可用還算好，孝冬只有一頂帽子，肯定更悶熱吧。孝冬脫下西裝拎在手上，跟路上的小販買了兩柄扇子，一柄給鈴子。扇子上面畫了風景圖，至於是不是淡路的景色，鈴子就看不出來了。

「鈴子小姐，妳打算買什麼禮物給兩位大姊？」

孝冬嘴裡的兩位大姊，其實就是鈴子老家的親人。

「我還沒想過。姊姊她們也不缺東西，我總是很煩惱要買什麼禮物才好。」

「喔喔，也對。不然，買淡路的漆器妳看怎麼樣？」

「這個嘛……淡路的漆器她們應該沒有，算是不錯的選擇吧。」

二人搧著風邊走邊聊，享受了一段悠閒的時光。感覺時間流逝得很緩慢，跟在東京完全不一樣，或許極佳的自然環境，會讓人感受不同吧。

到了育幼院，院長說道：「二位回來得正好，我訂了幾份高級便當，剛送來了，大家一起享用吧。」

院長邀請鈴子和孝冬到房內吃飯，阿若和由良已經在其他地方先吃過了。如此周到又貼心的安排，就不知道是院長還是院長夫人的用心了。

打開精美的便當盒，裡面有各式山珍海味，包括鯛魚和海鰻生魚片，以及海鰻天婦羅、烤星鰻、燉南瓜、醬佐炸茄子和小青椒……淡路有這麼多山珍海味，實在太美好了。

飽餐一頓後，孝冬笑咪咪地問鈴子：「我沒騙妳對吧？我之前說，淡路島有很豐富的山珍海味，妳一定會喜歡的。」

鈴子想起來，孝冬確實說過這樣的話。

她點點頭說：「這話確實不假。」

「妳喜歡嗎？」

「嗯嗯，非常喜歡。」

非常這兩個字說得特別鏗鏘有力，孝冬被逗得哈哈大笑。

鈴子和孝冬來到戶外，想到庭院散步消化一下，卻發現有人注視他們，就在對面建築的窗戶裡，是兩名女子，都穿著輕薄的絣織和服。年紀稍長的應該二十出頭，比較小的那一個也十五、六歲了吧，鈴子看不清二人的表情，但她們的視線專注不移，顯然有話想說。年紀稍長的那個，大概不是這裡的小孩，而是工作人員，可能是老師或奶媽，不然就是女傭吧。從年齡來判斷，女傭的可能性比較大。

「——你認識她們嗎？」

鈴子詢問孝冬，孝冬回答。

「不認識，我沒見過那兩個人。」

鈴子和孝冬正想走過去，問她們有什麼事情，不料那兩個人頭一扭就跑走了。

——怎麼一回事啊？

鈴子還來不及思考，旁邊有人搭話了。

「老爺，夫人。」

是阿若來了，由良跟在她身後，由良尷尬地低著頭，阿若拉拉他的手臂，把他推到鈴子和孝冬面前。

「……剛才——」

由良心不甘情不願地開口，一定是阿若要求他道歉吧，鈴子卻打斷了他。

「由良，我有話要跟你說，沒問題吧？」

由良愣愣地眨眼。「呃……是，夫人有何吩咐呢？」

鈴子環顧四周，在不遠處找到一張矮長凳，逕自往長凳走去，孝冬抓住她的手說：「鈴子小姐，妳要和由良單獨交談？」

「我不是說過了嗎？」

「妳只說要跟他聊一聊，沒說要單獨聊啊——」

「你要跟也沒關係，不要插嘴就好。」

孝冬總算同意了，夫妻倆一起走向長凳。阿若不知如何是好，鈴子也讓她跟上來，四個人一起走到長凳邊，鈴子和由良坐下，孝冬和阿若各自站在二人身旁。

「首先我要問你，孝冬先生的大哥……實秋先生頻繁造訪此地的原因是什麼？」

鈴子開門見山，由良卻沉默以對。

「你其實也想說出來，才會表現出那種態度對吧？畢竟當家的沒有主動問起，你也不能隨便提起實秋先生的私事。」

實秋不但是由良的前雇主，也是由良仰慕的對象，也難怪由良有此反應。由良十指交扣，手指不安地動來動去，似乎很猶豫該不該坦白。

「……老爺他——呃呃……實秋大人他，是來見這裡的女傭。」

由良張開嘴巴，總算下定決心說出來了。

「女傭？意思是——」

鈴子頗感意外，斟酌該如何問話才好，最後還是決定打開天窗說亮話。

「意思是，他們是戀人嘍？」

「這，是的。」由良態度狼狽，講起話來也有氣無力，洩露實秋的隱私讓他很愧疚吧。

「這我從來沒聽說過，大哥也沒跟我講過。」

孝冬有意見了，鈴子瞪了他一眼。「你不是答應我不插嘴？」

「對不起。」孝冬碰了一鼻子灰，乖乖閉上嘴了。

鈴子再次詢問由良。「你說對方是女傭，所以是平民嘍？」

由良點頭證實了鈴子的猜測。

「那個女傭無依無靠，也不是淡路這邊的人。年紀和實秋大人差不多，奇怪的是她有很好的教養，怎麼看都不是孤兒出身……」

可能是沒落的名門之後吧，鈴子比較在意由良的說法。

「聽你的說法，那個人似乎不在這裡了。」

「確實不在了，一走了之了。」

「是實秋大人亡故之後才走的……？」

由良搖頭否認。「不！是實秋大人亡故前不久，突然不見人影。女傭都是住在這裡工作的，有一天她的行李全不見了，只留下一封辭職書信，也沒對院長他們說明原由。她突然辭職走人，院長也很困擾。」

「實秋大人一定很失落吧？」

由良點點頭，同意了這個說法。

鈴子心想——難不成這就是實秋自殺的原因？

「為什麼對方會突然走人，你有頭緒嗎？」

由良也不明就裡。「實秋大人想跟她結婚……可是，礙於彼此的身分實在太懸殊，她始終不肯答應。」

跟花菱家的當家結婚，不只牽涉到身分問題，還得淡路之君同意才行，這方面的問題由良也答不出個所以然吧。

「換句話說，她選擇離開，主動退讓嘍？」

「恐怕是這樣。」

「那女子叫什麼名字？」

「她叫『樂』——『薗部樂』，大家都稱她阿樂小姐。」

鈴子改問阿若。「妳認識那位小姐嗎？」

阿若歪著頭說：「我記得，她是在我離開淡路島的前半年，才來這裡當女傭的……所以，她的長相和為人我也記不太清楚。感覺她身上有一種寂寞、飽嘗辛酸的氣息吧，人是挺溫柔的。」

阿若怕自己說得不對，還徵求由良的看法，由良頷首說道：「她長得不是特別出眾，卻有引人關注的魅力。」

「阿若妳是幾歲到外地工作的？」

「十三歲那一年的春天。」

所以是六年前的春天，阿樂來到這裡工作，還要再早半年。實秋則是在六年前的秋天去世的。

「他們在這麼短的時間內，就培養出深厚的感情了？」

相識不到一年就論及婚嫁了，這代表實秋很迷戀那名女子，還是——

「還是，阿樂來到這裡工作之前，他們就相戀了？」

由良聽到這個說法，驚訝地張大眼睛。

「怎麼可能——不！這可難說了，我也不敢肯定。」

由良表現得很困惑。

「這很重要嗎？」

「也沒有，我只是覺得有點奇怪。總之，實秋大人和那名女傭相戀，甚至還想跟對方結婚對吧？能知道這件事也好。」

鈴子仰望孝冬，孝冬臉上的表情很複雜。

「你有什麼想問的嗎？」

孝冬低下頭，凝視自己腳邊。

「大哥他……跟阿樂小姐在一起時，是什麼樣的反應？」

由良沉默了一會兒，抬頭看著孝冬。

「實秋大人很開心，那是我從來沒看過的表情。」

由良悄然低語。

「這樣啊。」

孝冬莞爾一笑。

「我也想看看大哥那樣的表情呢。」

由良盯著自己的手掌，不再說話。

院長一聽說孝冬要去榎列村，就拿出一份地圖，上面記載了詳細的地理位置，鈴子和孝冬心懷感激地收下了。就在一行人離開大門，回頭再看一眼育幼院時，發現有人躲在一棟建築物的後方盯著他們。就是剛才孝冬和鈴子見到的女孩，一個年紀大約二十多歲，另一個差不多十五、六歲，兩個人靠在一起，滿臉惶恐不安。

鈴子請教阿若。「──妳知道她們是誰嗎？」

「啊啊！是阿菊和美枝，她們都是這裡的孩子。美枝曾經到外地工作，後來又回到這裡當女傭；阿菊頭腦很好，有人捐款讓她去念女校。」

阿若話一說完，歪著頭想了一下。

「她們是不是有什麼事情要說啊？我去問問吧？」

兩個女孩似乎也看出阿若要找她們，趕緊轉身跑到建築物後方。

「……反正我們會再過來，到時候再問她們有什麼事吧。」

她們惶恐的樣子令人掛心，但鈴子和孝冬還是決定先到榎列村。

「請你們向村民打聽，過去有沒有朝聖的年輕女孩失蹤。」

到了榎列村，孝冬吩咐由良和阿若去打聽消息，雙方暫且分頭行動。鈴子和孝冬先確認地圖，他們決定找出那名少女皈依的寺廟。

「觀音堂現在好像沒有住持，不如我們先去其他寺廟看看吧，希望能找到那名少女生前皈依的寺廟。」

他們打算先從觀音堂和大和大國魂神社附近的寺廟找起。烈日當空，逐一探訪寺廟是很累人的差事，好在清風涼爽，好山好水和海景也賞心悅目，跟平日常見的東京市容相比，別有一番情趣。偶爾這樣走一走，也挺不錯的。

「鈴子小姐，妳會累嗎？要不要歇一會兒？」

孝冬不時關心鈴子的狀況，鈴子並不疲勞，但偶爾還是會到樹下乘涼休息。四周盡是寬廣的稻田，稻穗在風吹下猶如波浪迭起。路旁有一尊地藏菩薩的像，旁邊還有一棵大樹，二人就到樹下歇腳，眺望漂亮的稻田。

「真是漂亮的風景呢。」

鈴子瞇起眼睛，仔細欣賞這片美景，這裡的景色好漂亮，看著令人心曠神怡。孝冬也平靜地眺望眼前景色。鈴子很慶幸有這麼一段悠閒的時光。

「我從沒想過，來淡路島還能保持好心情呢。」

孝冬的臉上露出了笑容。

「感覺真不錯。」

「那真是太好了。」

鈴子深表慶幸，孝冬發出愉悅的笑聲說道：「多虧有妳相伴啊。」

鈴子抬頭看著孝冬，只見孝冬深情俯視她，鈴子心生羞赧，忍不住別過頭。孝冬盯得她心神蕩漾，好似風中搖曳的稻穗，久久無法平復。

「你一直盯著我看，我會不好意思。」

「不喜歡嗎？」

「是不會……」

鈴子發覺，自己跟孝冬常有這樣的對話。鈴子並不討厭這種互動，孝冬的撫摸和注視，她還挺喜歡的。

「你這個樣子，我會靜不下來。」

孝冬聽了以後，輕笑道：「我好像越來越習慣妳欲就還推的態度了，我自己都怕了。」

「害怕？為什麼……」

孝冬沒說話，笑咪咪地將手伸向鈴子，髮絲被風吹上臉頰，孝冬用溫柔的動作，撥開鈴子臉頰上的髮絲，輕撫她的臉龐。

「我對妳的情念，似乎又更深重了。」孝冬的語氣，彷彿在坦承自己的罪過。

鈴子不解地說道：「你又沒要出家當和尚，那有什麼關係呢。」

孝冬直接噴笑。「這麼說也對喔。」

淡路島有許多寺廟和神社，榎列村附近也有好幾間寺廟，而且都是真言宗的寺廟。鈴子和孝冬跑了兩、三間廟，可惜都沒有有效資訊。後來，他們前往丘陵下方的一間小廟，根據地圖上的記載，該地名為楚野。

附近的農家聚落都是茅草搭建的房子，寺廟就在聚落的後方。規模很小，鈴子甚至懷疑這裡有沒有住持。正殿的旁邊就是起居空間，有位老和尚出來應門，鈴子總算放心了。孝冬先自我介紹，並簡短說明來意。

「施主要問失蹤的朝聖女子啊——」

老和尚複誦了一遍孝冬的疑問，張開嘴巴嘟囔了一會兒。一雙白眉毛往下垂，幾乎都蓋住眼睛了，嘴邊和下巴的鬍子也都白了。老和尚帶鈴子和孝冬前往正殿，殿內有榻榻米，正面還有大日如來的佛像。

「老衲記得，確實是有這麼一位信眾失蹤嘍。」

老和尚說話時，嘴邊的白鬍子也跟著動來動去。

「起先是一大群年輕女孩去朝聖，也不是只有年輕女孩，同行的還有老人家。不過，那孩子中途就不見了，大伙也心急如焚，那女孩乖巧懂事，不會亂跑，沒準兒是迷路了，或是不小心掉下山崖，也可能是半路上暈倒……總之大伙一起找人，也向警察報案。警察卻說年輕女子亂跑是常有的事，不肯幫忙，還說那女孩一定是偷偷跟男人跑了——」

老和尚搖搖頭，一副很遺憾的口吻。

「那女孩不是會離家出走的孩子。她母親早逝，跟父親相依為命，由父親一手帶大，是個秉性純良的好孩子啊。」

「她的父親在哪裡呢？」

孝冬請教老和尚，老和尚又搖搖頭。「早去世啦。」

老和尚答覆得很簡潔，鈴子和孝冬面面相覷。

「請問……」

鈴子也不曉得該說什麼才好，最後還是開口問了一個問題。

「鼻子山觀音的詠歌，跟那女孩有什麼關聯嗎？」

「鼻子山觀音？」老和尚挑起眉毛，露出了底下的小眼睛。

「那個啊，是她父親從小唱給她聽的詠歌。那女孩的名字，是叫阿花吧。她父親說，那座寺廟的觀音菩薩，一定會保佑她。」

原來是這麼一回事，那是父親唱給她聽的詠歌，鈴子一聽到這件事，心好痛。

「……其實在松帆的松樹林附近，有一株百日紅，有個朝聖的女孩子，當年就暈倒在那棵樹下。」

孝冬開始說明前因後果。

「碰巧有路過的茶鋪大嬸照料，可惜還是不幸去世了，因為查不出身分，就供了個無主牌位安葬了。據說，那女孩子就是唱著鼻子山觀音的詠歌嚥氣的……說不定，她是和尚您的信眾吧。」

「還有這樣的事？」老和尚又一次挑起眉毛，眼睛張得大大的。

「只是，她身上缺了一部分朝聖用的裝扮，而且還打赤腳……原因我們也不清楚。但比對身上其他的特徵，或許能知道是不是您的信眾吧。」

老和尚用力點點頭。「老衲會請村裡的人去看一看，到時候請回來供養。不是她本人也沒關係，反正都是有緣嘛……不過，老衲相信應該是她本人，這是和尚的直覺。」

老和尚雙手揣在懷裡，感慨地說，原來那女孩子回到家鄉來了。

「都來到松帆了，只差一點就能回家了呀……」

聽老和尚的口吻，他似乎知道阿花失蹤的原因。可是，看他的態度，好像又不太願意談及此事，鈴子和孝冬交換一個眼神，決定先行告辭。

孝冬給了一點錢，請老和尚代作法事，便帶著鈴子離開了。二人走到一大片稻田附近，正好撞見阿若和由良。

「我們找到那女孩子的家了。」

鈴子還沒開口，阿若就激動地說出他們查到的線索。

「那間屋子已經沒人住了，但還留著。聽村人的說法，應該是那女孩子的家。」

阿若還說，那一家是父女倆相依為命，跟老和尚說的一模一樣。鈴子和孝冬跟著他們前往那棟房子，阿若和由良好不容易查出了線索，總不能說已經有請人作法事就算了。

「就是那棟房子。」

鈴子順著阿若手指的方向望去，稍微皺起了眉頭。那是一間獨棟房，格局不大，房子破敗不堪，就只差沒塌下來了。茅草屋頂長了大片霉斑和雜草，下垂的藤蔓還蓋住牆壁，土牆上的泥土也剝落了，門板東倒西歪。

「這房子只能放著等它爛。」

後方突然傳來說話聲，所有人都嚇了一跳。轉身一看，有個包著頭巾的老太婆，雙手背在挺不直的腰骨上，抬頭仰望那棟房子。

「和尚說，沒其他更好的方法了。」

阿若向鈴子介紹這位老太婆。

「就是這位老婆婆，告訴我們這家人的事。」

「為什麼只能放著爛呢？」

鈴子提出疑問，老太婆彷彿沒聽到鈴子說話，直盯著那棟破房子，逕自說道：「與兵衛也可憐哪，含辛茹苦養大的女兒，居然碰上那樣的橫禍。」

老太婆口中的與兵衛，應該就是阿花的父親吧。

「可憐哪，太可憐了。」

老太婆又重複了一遍同樣的話，鈴子聽到某個聲音，蓋過了老太婆的說話聲。聲音是從身後的破屋子傳來，一道陰風吹過鈴子的頸項。

——唵……唵……娑婆訶。

那是男性的低沉嗓音，鈴子聽了不敢回頭。

「與兵衛啊，以前是個行者，專門替人祛除狐仙精怪，挺靈驗的，附近的村民都找他作法驅邪。阿花失蹤後，他就一直四處打探消息，一刻也沒停過，可憐哪。」

老太婆嘆了一口氣，後方傳來的聲音又更大了。孝冬抱住鈴子的肩膀安撫她，那股溫暖的氣息，緩和了後方傳來的寒氣。

——唵……哩伽……咹、娑婆訶。

「有天啊，阿波來的行商告訴他，近來有人拐騙年輕的朝聖女子，將她們賣到妓院。犯人是一對夫妻，假扮成朝聖者的模樣，還騙人說他們的孩子死了，才發心出來朝聖，想要供養死去的孩子。總之，就是用這種話術賺人熱淚，然後假裝腳痛或肚子痛，拜託女孩子帶他們到沒人的地方歇息。他們就把女孩子弄昏丟上船，這一上船就完蛋啦，被賣到洲本那邊的妓院還有救，被帶到明石或廣島那些地方，就回不來了。」

——唵、頡哩、伽、咹、娑婆訶。

念咒的聲音越來越大，整間破屋子都在搖晃，令人起雞皮疙瘩。

「後來啊，與兵衛找到那對夫妻了，還打聽出他們用便宜的價碼，賣了楚野地區的一名鄉下姑娘。不對！聽說是那對夫妻，到處炫耀他們的惡行，人家辛辛苦苦養大一個女兒，竟然被賣到妓院，誰受得了啊……與兵衛火大衝上去揍他們，反被打個半死，那些壞蛋可不是吃素的，普通人打架怎麼可能贏呢。與兵衛拖著半條命，幾乎是爬著回來的，他哭得好委屈，還說一定要咒死那對夫妻，絕不放過他們——」

男子的咒語和咆哮響徹空氣中，眼前的老太婆卻毫無反應，老太婆沒聽到聲音，代表那不是活人發出來的。由良和阿若也是同樣的反應，只有鈴子和孝冬聽到了——那是與兵衛撕心裂肺、傾盡一切吶喊的詛咒。

「當年阿花去朝聖，是咱陪她一起去的。都是咱不好，要是咱多留點心眼，阿花也不至於被拐走啊。」

老太婆難過垂首，當場跪了下來，阿若趕緊衝上前，拍拍老太婆的背部。鈴子回頭望著那間房子，詛咒聲一刻也沒停過。

——唵、頡哩、伽、唵、娑婆訶。

整間房子都在搖晃。

「這是，吒天的陀羅尼[18]真言……」

孝冬喃喃道出自己的見解。

「你說什麼？」

---

[18] 陀羅尼：「總持」的意思，即總持某個本尊的真實精神。

「吒天……也就是吒枳尼天⓳的咒法，是行者在用的咒語。」

孝冬摀住嘴巴，沉吟道：「這種咒語的確能實現施術者的心願，但必須付出很可怕的代價，難不成……」

「與兵衛在家裡施法一夜，詛咒那對夫妻，還割傷自己，弄得渾身是血。」

老太婆抱住腦袋，整個人都在發抖。

「最後，他甚至……挖出了自己的雙眼啊……」

老太婆難過得摀住面孔。

「與兵衛就這樣死了，家中到處都是血跡，遺體雖已安葬，屋子卻處理不來啊。村民也不敢拆掉，和尚也說不要亂動才好。風雨大一點的日子，彷彿還能聽到與兵衛的詛咒聲，大家都怕得要命啊！」

老太婆抬起頭，原來這件事還有後話。

「也多虧與兵衛不顧性命，那對作惡多端的夫妻終於死了，聽說他們墜海身亡，屍體還被魚群啃得慘不忍睹，一定是與兵衛的詛咒奏效了。」

與兵衛的咆哮震耳欲聾。鈴子想起剛才在茶鋪打聽到的消息，同席大嬸們說，大約兩、三年前，有一對朝聖的夫妻被沖上岸，屍體也被魚群啃食。

「那女孩是從妓院逃出來的吧。」

孝冬悄聲說道：「也不知道是從哪裡的妓院逃出來的。但她光著腳，身上還穿著當年被賣掉時穿的朝聖服裝，沒命地逃到這裡來……」

最後，力盡而亡。與兵衛一定也感應到女兒身亡，才會捨命詛咒那對夫妻吧。

鈴子走向那間破屋，一腳踏入屋內。屋內彷彿有濃厚的血腥味，不知是不是錯覺。屋外的藤蔓爬到室內，穿破了牆壁和地板。地板上隨處可見野獸的足跡，大概是狸貓那一類的動物把這裡當巢穴吧。客廳的牆壁和地板上，有像發霉一樣的黑斑，極有可能是血跡。屋子的中央坐著一個人，背對鈴子。

——唵、頡哩、伽、咹、娑婆訶。

男子每唸一句咒，鈴子的肌膚就隱隱生疼，好像身上帶靜電的痛楚。男子手握匕首，面前燃燒一團熊熊的火焰，唸完一句咒語，就提刀割破自己的手足。男子果決下刀，似乎感受不到痛楚，皮開肉綻的傷口滲出鮮血，男子將鮮血灑入火焰中，火勢更加猛烈。

---

⓳吒枳尼天：為佛教的天神。

男子全身散發出難以想像的憤怒與悲哀，飛濺的鮮血，是他再也哭不出來的眼淚。

——誰來結束這一切吧。

鈴子除了祈禱外別無他法，與兵衛已經聽不進別人的話了，到底有什麼方法，可以結束眼前慘絕人寰的景象呢？

——對了，還有詠歌……

鼻子山觀音的詠歌，鈴子就自己記憶所及，唱出了那首詠歌。無奈與兵衛不為所動，連頭都沒轉過來一下。鈴子救不了他，唯一能救他的，只有他的女兒吧。

這時，鈴子聞到一股清冽的香氣，馥郁芬芳，充滿了一種包容力，滿屋子的血腥味也蓋不過的香氣，是淡路之君的味道。

鈴子的視野逐漸黯淡模糊，孝冬趕緊上前抱住她，她才發現自己產生了暈眩的症狀。孝冬握住鈴子的手，鈴子也緊緊回握。

鈴子看到淡路之君的背影，寬大的衣袖無風自舞，晶亮的長髮也隨之搖曳，濃烈的香氣瀰漫四周。淡路之君張開臂膀，咒語聲再也聽不到了，她彎下腰罩住與兵衛，就好像從身後緊緊抱住與兵衛一樣。

隨後，清風吹入室內，等鈴子回過神來，淡路之君和與兵衛都消失了，連一點痕跡也沒留下，空氣中只殘留些許的香氣。門口和窗戶都有陽光透入，稍稍照亮了藤蔓叢生的屋內。

從榎列村回到花菱家的路上，鈴子和孝冬並肩而行，默然無語。阿若和由良跟在後頭，他們也幾乎沒對話。難得阿若如此沉默，或許老太婆道出的真相太具衝擊性了。一行人走上通往花菱家的坡道，下方看得到市鎮和波光粼粼的大海。

「……我覺得好可怕喔，小慎。」

阿若終於開口說話了，由良冷淡地回應。

「怕什麼？」

「我在東京也吃過不少苦，現在有幸當上夫人的侍女，讓我相信東京還是有好人的。該怎麼說呢……我也不太會形容。只是，我原以為這世上是有公理的。」

鈴子瞄了阿若一眼，阿若表現得很落寞。

「可是，我錯了。有個女孩子被拐賣到妓院，她的父親也死得那麼悽慘……這一切實在太沒有道理了。」

由良無言以對。

「本來呢，法律和警察就是用來維護公理的。」答話的人是孝冬。

「老爺。」

阿若表現得很惶恐，大概沒料到孝冬有在聽她說話吧。

「對不起，讓您聽到這種無聊的話題。」

孝冬揮揮手說：「無妨。」

「妓院也是講規矩的，由警察負責管理，違規的妓院會受到法律懲處。只可惜，到處都有壞人想鑽法律漏洞，也不只妓院如此。那女孩會碰上這種事，只能說運氣不好。但世事無常也確實很可怕，我懂妳的感受。」

阿若點點頭，感同身受。

「不過，大多數的人都不能接受沒公理的事情，而且也很努力維護公理。」

孝冬露出溫柔的笑容，像在安慰小孩子一樣。

「萬一妳和由良運氣不好，碰上不公不義的對待，我和鈴子小姐絕對不會默不作聲的，妳放心吧。」

「老爺的意思是……？」這話是由良問的。

「我們會全力擊潰那些惡徒。」

孝冬徵求鈴子的認同，鈴子也同意了。

「所以，你們放心吧。」

聽了孝冬的保證，阿若輕笑一聲，低頭致謝。

「多謝老爺、夫人。」

鈴子再一次見識到孝冬溫柔體貼的一面。孝冬的確有這樣的特質，他不會單純表示口頭上的理解和關心，而是以平等心，說出最真摯感人的話語。

——之前去山王神社也是這樣。

當時鈴子提到了「扭曲的人性」，孝冬為了表達感同身受，甚至不惜說出花菱家「扭曲的祕密」——亦即他本人是祖父亂倫生下來的孩子。

——都不知道該說他精明還是笨拙了。可是，鈴子很喜歡他這樣的個性。

鈴子出神地望著孝冬的臉龐，剛好和孝冬對上眼。她一害羞，趕緊低下頭來，其實根本沒必要反應這麼大。

「……實秋大人他。」

鈴子聽到由良的聲音，抬起頭注視由良。由良眺望海景，夕陽西下，海面上閃耀著璀璨的光華。

「實秋大人他，也說過同樣的話。」

由良專注地凝視大海，似在回憶往日時光。鈴子不曉得他心中的回憶是何光景，想必那是他獨有的珍貴回憶吧。

由良眨眨眼睛，不再緬懷過去，他轉身對孝冬行了一個禮，不再說話了。由良的表情比以前更加柔和，鈴子全都看在眼裡。

鈴子洗完澡後，前往分家為他們夫妻準備的寢室。分家的宅院很大，和室又多，一個不小心很容易搞錯地方。在陰暗的走廊行進了一會兒，鈴子發現她的寢室拉門沒關，裡面透出夜燈的光芒。

房內已掛好蚊帳，孝冬躺在寢具上，雙手相扣放在後腦勺，眼睛直盯著天花板，看起來像在想事情。鈴子進入房中，靜靜地拉開蚊帳，孝冬才撐起身子。

「你在想事情嗎？怎麼一臉嚴肅？」

「沒有，胡思亂想罷了，也不是真的在思考。」

孝冬的頭髮有點亂，鈴子想替他梳理好，但又沒法像他那樣順手做出親密動作。鈴子的頭髮或髮飾只要稍有凌亂，孝冬就會很自然地幫她梳理好，應該算是反射動作，沒有多加思考吧。

「你說的胡思亂想，是在想什麼……？」

「就吒天法、真言宗……還有這座島嶼的事情……之類的。」

「吒天法──你是說與兵衛先生用的咒語？」

鈴子好像在哪聽過這個字眼。

「對，就是與兵衛先生用的咒語。那個老婆婆說，他生前是吒天法的行者，也常替人驅邪除妖。吒天法不管用來為善為惡，都有很靈驗的效果；用來為善，能夠驅邪除妖──」

「用來為惡，也能咒殺仇敵……？」

孝冬點點頭。

「吒天法是吒枳尼天的修道法，也就是密教的修道法，密教的修道法有其堅實的效益，不是那種胡謅亂編的咒術。我之前說過，這座島上有很多真言宗的寺廟，真言宗說穿了就是密教。因此，咒術文化在這座島上由來已久，也有相當程度的發展──對了，說到吒天法，妳有想起什麼嗎？」

鈴子一手抵住下巴思考。

「呃呃……我好像在哪兒聽過。」

「是燈火教。」

鈴子暗自心驚。

——對了，就是燈火教。

孝冬說過，燈火教也有用上吒天法。

「燈火教的神歌，用的就是吒天法的咒語。當然，我不認為這跟與兵衛先生有關聯，只是難免會聯想在一起。」

「可能是鎮上也有燈火教教會的關係吧。」

「喔喔，也對，或許是這樣沒錯——反正是天馬行空亂聊，我再說一件事，吒天法的真言，也曾用在新天皇即位的儀式上。」

「是嗎……還有這種事？」

「明治維新以後，即位儀式全部改用神道儀軌，不再使用密教真言了。」

不過，這代表過去一直是用吒天法的真言。

「意思是，吒天法的咒語確實靈驗嘍？」

「密教和天皇也有很深的淵源……在爭奪皇位繼承權的過程中，都會動用密教僧侶一較高下。也就是靠咒術較勁，而不是靠武力。當然，除此之外也有保平安的加持祈禱。」

「皇位繼承權，是用咒術在決定的？」

鈴子不懂這是什麼道理。

「哈哈……過去也是有這樣的狀況啦。應該說，咒術只是可用的手段之一，也不是全都靠咒術來決定。」

孝冬笑著說完這段話，再次躺回寢具上，鈴子也靠在他身旁。

鈴子稱讚孝冬。「你對密教也很熟呢。」

「沒有，都跟我大哥學來的。」孝冬實話實說。

「就算是跟你大哥學來的，能記得這麼多也不容易，沒興趣的話根本記不得吧。」

「我真正感興趣的，是大哥的話，他說的話我都很感興趣……」

夜燈柔和的光芒，照亮了孝冬的笑容。

「今天有幸知道大哥不為人知的一面，真是太好了。我完全不曉得他有戀人，如果對方在東京，我或許能看出一點端倪吧，在淡路島就沒辦法了——鈴子小姐。」

孝冬把身體轉向鈴子。

「這都要多虧妳，謝謝妳。」

孝冬溫柔地瞇起眼睛，鈴子凝視他的雙眸說：「……是你行善積德。」

「嗯？」

「是你行善積德，才有現在的福報。我不希望你飽嘗委屈辛酸，因為你的為人，讓我相信你值得過得更好。由良願意說出你大哥的祕密，一部分可能是我提問得當，但主要是他看了你過去的言行舉止，才決定坦誠相告。你過去行善積德，現在有了回報。」

孝冬認真傾聽鈴子的說法。鈴子心想，這世上大概沒有人比他更認真聽我說話了，看他的表情，彷彿連一字一句都不願錯過。

神情嚴肅的孝冬，突然換上了柔和的笑容。

「行善積德也要有人看到才行。所以，有妳陪伴終究是一件好事啊。」

孝冬伸出手，撫摸鈴子的臉頰和耳朵。孝冬的動作很輕柔，被摸的地方感覺好癢，也觸動了鈴子的心弦。

「明天我們搭船去江井，參觀線香的工廠吧。那邊味道很香，妳一定會喜歡的……」

外頭只聽得到蟲鳴的聲音，在黑夜寧靜的氣氛中，孝冬柔和又低沉的嗓音，聽起來比平常更加悅耳。

# 於熊御前

「夫人又要丟下我是吧？」

鷹𡡅幫鈴子繫腰帶，還沒忘了發牢騷，同樣的怨言鈴子聽到耳朵快長繭了。

「我們要搭船去，沒辦法啊。」

同樣的理由鈴子也說過很多遍了。鷹𡡅暈船暈得厲害，今天他們夫妻倆要搭船去江井，不可能帶她同行。然而，昨天鈴子去花祥育幼院，也沒帶鷹𡡅同行，所以她鬧脾氣。昨天沒帶她去，是因為有阿若和由良相伴。鈴子希望她在島上的這段時間，可以好好休息一下，好意卻沒換來好結果，人心實在太難以捉摸了。

「今天我也沒帶阿若和由良啊……」

「對啊，鷹𡡅，今天我也留下來看家喔。」

阿若在一旁收拾鈴子脫下來的和服及內襯，鷹𡡅瞪了阿若一眼，還鼻孔噴氣。

「妳難得來一趟淡路島，何不趁這機會遊山玩水呢？」

「我的工作是陪伴夫人啊。」

「就跟妳說了，這幾天妳休息一下也無妨啊。」

「我派不上用場了是吧？」

鷹𡡅這次鬧脾氣，鬧得可凶了。鈴子不曉得該如何是好，孝冬打開拉門探頭進來。

「打擾一下可好？」

「夫人還在換裝喔，老爺。」

鷹嬌語氣不耐，孝冬卻不改和顏悅色的表情。

「鷹嬌，其實我有事要找妳。」

「找我？老爺有何吩咐？」

鷹嬌大感意外，兩隻大眼睛又張得更大了。孝冬望向身後，隨侍在後的由良來到面前，手上還提了一個包袱。

「昨天我帶了不少東京的伴手禮到育幼院，唯獨這一樣忘了帶過去——鈴子小姐，就是我拜託妳張羅的布匹。」

「啊啊——」

來淡路島之前，孝冬拜託鈴子張羅布匹，好讓育幼院的孩子練習裁縫的手藝。鈴子捐出了自己的和服，還向老家以及兩位姊姊討了一些布匹，全都是上等的好貨。

「我打算叫由良和阿若送去，鷹嬌妳也一塊兒去吧。」

「為什麼讓我去呢？」

「我想請妳教那些孩子裁縫的技術。當然，那邊也有裁縫的老師，但難得有這機會嘛。

他們很少遇到東京來的人，妳口條好，又擅長針線活，非妳莫屬啊。」

「這樣啊……」

鷹嬸還有些困惑，但聽到孝冬的稱讚，顯然暗自欣喜在心底。

「這主意不錯。鷹嬸，跟那些孩子聊聊東京的事情吧，他們一定會很高興的。」

「對啊，鷹嬸一定有很多話題可聊。」

鷹嬸乾咳一聲，說道：「明白了，既然是老爺的吩咐，我去就是了，這也是夫人慈善活動的一環嘛。」

鈴子總算鬆了一口氣，用眼神向孝冬表達感謝之意，孝冬也微笑回應。他並沒有料到鷹嬸會鬧脾氣，但他看了鷹嬸的反應，立刻做出了靈活又妥當的安排。

「等會兒等會兒，咱也有用不到的布匹，都帶去唄。」

富貴子快步走了過來，手上也揣著布匹。

「反正閒著也是閒著，咱也一塊兒去。」

「幹雄先生呢？」

「大哥都窩在房裡，好像一直在查啥東西。」

或許是在查淡路之君的線索吧，孝冬點點頭說。

「那麻煩妳跟他說一下，等我回來了，也會過去幫忙的。」

「這麼拚命哪。你們會待到月中不是？難不成要一直查到離開為止？」

「嗯嗯，是沒錯。當然，我也知道不可能一次全部查完。」

「都交給咱大哥去查就得了，反正他閒閒沒事幹啊——你們待會兒要去港口？那咱去跟副島說一聲，不然老母又要用車了。」

「呃呃……這……」孝冬猶豫不決，看向鈴子，鈴子代為答話。

「我們用走的去就好，沒關係的。」

「甭客氣啦，搭車去更方便不是？」

「我們想順便欣賞鎮上的景色。」

事實上，夫妻倆只是不想欠喜佐人情，以免聽她抱怨連連。

「咱告訴你們一個祕密。」

富貴子一臉賊笑，招招手叫孝冬他們湊上前來。

「老母她啊，有車可搭就心滿意足啦，只要別礙到她搭車，她不會尋你們晦氣的。這背後的涵義，你們都聽明白了？」

鈴子和孝冬對看一眼，都想到了同樣的答案。

「這、意思是——她跟副島先生？」

孝冬壓低音量反問富貴子，富貴子笑得更明顯了，還點頭證實孝冬的推測。

「明眼人一看就看出來啦，大家只是裝傻，反正過不了多久她就膩了。」富貴子笑著離開了。

孝冬傻眼地說道：「好像聽了不該聽的消息啊。」

「這件事可以當作威脅的材料吧……」

這話一說出口，孝冬嚇了一大跳，鈴子趕緊澄清，自己只是開玩笑罷了。

夫妻倆一下船，就聞到線香芬芳的香味了，鈴子深吸一口氣，肺腑中充滿了寧靜和諧的香氣，就好像在寺廟裡一樣。

「確實是很棒的味道呢。」

鈴子出言讚美，孝冬聽了也很開心。

「是嗎？那真是太好了。」

據說，江井有好幾家線香製造業者。在幕府時代，這座村子就靠船運業發展，更享有島內第一富裕之村的美名。

「江井的船運業主要與長崎貿易有關，也多虧這些既有的船隻和交易路線，線香生意才發展得起來。」

孝冬在前往工廠的路上，向鈴子說明這一行的門道。

「銷售通路持續擴張，一開始在九州，後來遍及京阪神，甚至流通全國，業者也越來越多了。有些業者認為，也該組成一個商會了——妳看，工廠就是利用西邊吹來的海風，來風乾線香。建築物的西面都有開設窗戶，還用百葉板控制風量。」

孝冬指著附近的建築物，西面的確有一整排特殊的格子窗，面積可不小。

「薰英堂」的工廠是雙層的木造建築，跟其他建築一樣設有格子窗。玻璃門上印著金邊的「薰英堂」字樣，上面掛著一塊藍色的門簾，也同樣有薰英堂的字樣。

這時，一名五十多歲的男子打開玻璃門，急急忙忙跑出來了，門一打開就從屋內傳來濃烈的香氣。

「老闆，您事先吩咐一聲，我們就去港口接您了呀。」

「沒關係，我也不好意思打擾你們工作。況且，我也想跟內人散散步。」

孝冬望向鈴子，男子也順著視線望去，立刻低頭行禮。

「恭喜二位新婚，沒能即時跟夫人道賀，還請夫人見諒啊。」

「好說，我有收到你們的賀禮了，這麼晚才道謝實在過意不去……」

鈴子也低頭行禮，新婚當初她的確有收到工廠送的賀禮，那是一包裝在錦袋裡的白米，據說新婚送米是淡路島的風俗。剛見面就互相低頭道歉，仔細想想也挺好笑的，三人都笑成一團了。

男子是這間工廠的負責人，一進大門就是辦公室，盡頭還有一塊門簾，門簾後方才是線香的製造工廠。工廠裡放了幾台機器，有幾名工匠在機器前面作業，線香則擺在長桌上，長桌前面同樣有工匠在作業。那些工匠一看到孝冬，連忙停下手邊的工作站起來，孝冬要他們不必多禮。

「我不想打斷各位工作，不必介意沒關係——這樣比較好對吧，鈴子小姐？」

鈴子也同意孝冬的做法，與其看大家鞠躬哈腰，不如看他們的手藝更有趣。鈴子不願打擾到那些工匠，只想在一旁參觀學習，因此剛才的男子從辦公室裡，搬了兩張椅子給鈴子和孝冬坐。

夫妻倆參觀作業流程，線香從角落的機器送出來，在木板上切成好幾段。這時候的線香還沒凝固，工匠把兩邊切齊後，堆放在木板上。整齊劃一的作業流程不斷重複，鈴子看了嘆為觀止。乾燥的場所在二樓，每到掃墓或祭祖的時節，線香需求量大，二樓空間來不及乾燥所有的線香，連旁邊的小巷弄都會擺上乾燥板。

「一般線香的材料是杉粉，至於有添加香料的產品，則用楠木皮製成的粉末，那是在宮崎縣一帶開採的樹木。」

「那邊做的是『芙蘿拉』嗎？」

「對，沒錯。」

薰英堂的「西洋香・芙蘿拉」，是一款很受女性歡迎的印香。鈴子也有買百合的印香，平時就放在收藏手帕的抽屜裡。

鈴子和孝冬擔心給工匠太太的壓力，參觀一會兒就離開了。

「花菱先生。」

門外有人叫住孝冬，似乎專程在等他出來。孝冬轉身一看，叫住他的是個四十多歲的中年男子，看上去也是家大業大的人。男子身材略胖、面頰豐潤，給人很溫厚的印象，但表情極為不安。

「您是——宇內先生對吧？」

「原來你還記得我啊。」

男子稍微放心了。

「是的，在下宇內。」

按照孝冬的說法，這個人是附近村落的紡織品中盤商，以前是做船運業的。

「我聽說，你今天會來工廠一趟……」

「有什麼事嗎？」

宇內低下頭，支支吾吾地開口。「實不相瞞，我有件事要找你商量一下……」

孝冬和鈴子對看了一眼。

宇內家的宅院有一扇氣派的大門，房屋也蓋得很氣派。鈴子和孝冬被帶到寬敞的和室，宇內先祝賀他們新婚。

「哎呀，我聽說尊夫人很年輕，沒想到如此沉穩大方啊。」

宇內一臉欣賞地端詳鈴子，鈴子今天穿黑色的羽織，所以看起來比較成熟。畢竟要去拜訪孝冬工作的地方，總不能穿得太隨便。和服則是曙光色的紋紗縐綢，上面還有深淺不一的紫色雲彩霞紋。淺紫色的腰帶上也有百合和蘭花的花紋，腰帶的綁帶和內襯布，也同樣選用紫色的。

腰帶飾品是金屬百合，淺紫色的假領上有流水和百合的刺繡。鈴子這一身打扮，是想貼近「芙蘿拉」的白百合形象，連髮飾也選用百合的款式，這一身裝扮典雅華麗，但更多的是一種沉靜的美感。

「花菱家的歷代夫人都很漂亮啊。我們以前是幹船運的，令堂的老家，據說以前也是出身船運業……」

宇內客套了一番，卻給人心不在焉的感覺。或許他是在思考，如何切入正題吧。

「那麼，您說有要事商量，是驅邪的事嗎？」

孝冬喝了一口茶，直接開門見山。

宇內的神情如鯁在喉。「這、這個……誠如花菱先生所言。該怎麼說呢，也不曉得說出來你信不信。」

孝冬溫和笑道：「我是替人驅邪的，也碰過不少難以置信的事情，請放心吧。」

宇內這才鬆了一口氣，表情也柔和不少。

「這……也對，花菱先生一定能理解的……」

宇內先吞了一口口水，接著雙手撐在地上，激動地低下頭來。

「拜託了……請化解我們宇內家的詛咒好嗎？」

宇內雙手都在發抖。

「您說的詛咒是指什麼？」

孝冬問話的口吻十分平靜。宇內抬起頭，看到孝冬心如止水的反應，似乎有些意外，愣愣地說道：

「呃呃，我們宇內家歷代的當家都活不久啊，我父親和祖父，也是四十多歲就走了。他們沒有沉痾痼疾，都是某一天突然病倒，當天就走了。我查過家族史，好幾代以前就有這樣的現象了，當家的都活不過五十歲，頂多活到四十幾歲。不僅如此，除了繼承人以外，所有男童都養不活，長子以外的其他小孩，統統都在幼時就夭折了。當然，在那個年代小孩子本來就不好養，或許也無可厚非——」

宇內用力抓緊自己的膝頭。

「不過，歷代當家沒人活過五十歲，這怎麼想都不正常啊。的確，有些家族天生命短，但我不能接受這種說法，就找了寺廟的和尚，還有巫女和行者來祈禱。」

「……結果呢？」

「和尚說他們無能為力，其中一位行者……祈禱到一半痛苦難當，就這麼死了。」

鈴子本來還懷疑詛咒的真實性，這下聽到有人祈禱到一半身亡，也著實嚇了一跳，眉頭都皺起來了。

「其他行者聽到傳聞，也紛紛退縮，不敢來我家祈禱了。巫女也說她幫不上忙，但有告訴我原因，據說是屋敷神作祟。」

——屋敷神作祟。

這時一陣香氣傳來，鈴子略吃一驚，孝冬也注意到了，是淡路之君的香味。

鈴子飛快觀察四周，並沒有鬼魂的蹤跡，或許還沒現身吧。淡路之君也只散發香氣，同樣沒現身。

——這是怎麼一回事？

「巫女還說，唯一的辦法是妥善祭祀，誠心祈求屋敷神不要再危害宇內家……那巫女說得沒錯，家中有一座用來祭拜神明的小祠，由來已久。我也不曉得那是什麼神明，只知道好像叫『於熊御前（GOZE）』。」

「御前的唸法好像有點特殊啊？」

「應該是以前的人口音不正，把GOZEN唸錯了吧，由來也沒人知道，反正就在宅子的角落有一座小祠……供了那一尊神明以後，宇內家的船運業才蒸蒸日上。近年來我們也疏於參拜和照料，聽了巫女的說法，我開始誠心打掃和祈禱……可是到底有沒有效，這誰也說不準啊。」

宇內不安地垂下頭。

「以『GOZE』為名的神祇，在淡路島也不算罕見。」

孝冬雙手環胸，說出見解。

「好比五瀨明神、御前明神、富御前、美御前……祭祀五瀨明神，本來也是為了化解敗逃武士的冤氣。祭祀富御前，則是要撫慰一個老太婆的冤魂，美御前本身還是疱瘡之神，像這些不善之神，同樣被視為神祇。老實說我也只懂一點皮毛，沒有深入了解。」

「喔喔……這樣啊……」

宇內對這些知識也不感興趣，只探出身子問道：「那麼，花菱先生，你有辦法處理嗎？」

「這個嘛……」孝冬猶豫地摸摸下巴。淡路之君發出了香味，卻沒有現身。如果淡路之君肯現身，吃掉危害宇內家的鬼魂，確實有可能解決詛咒的問題——

「——先讓我看看『於熊御前』的小祠可好？」

宇內十分歡迎，趕緊起身帶路。鈴子和孝冬跟著宇內，繞過庭院，走進茂密的樹林間。高牆邊有一座小祠，正確來說是一座石塔，高度只到鈴子的腰部。石塔前供了鮮花綠葉，還有一杯清水和盛米的盤子，周圍的落葉都掃乾淨了，甚至還留有掃地的痕跡。

「就在這邊。」

宇內在石塔前蹲下來，雙手合十誠心膜拜。鈴子望向孝冬，孝冬搖了搖頭，淡路之君還是沒現身，也沒有鬼魂的蹤跡。

不只沒有蹤跡，淡路之君的香氣也消失了，夫妻二人是越來越困惑了，完全搞不清是怎麼一回事。

一行人再次回到客廳，孝冬對宇內致歉。

「不好意思，我可能幫不上忙。」

連鬼都沒找到，更遑論驅邪了。

宇內失落地說：「這樣啊……果然還是只能乖乖聽巫女的，誠心祭祀了吧。」

鈴子打了個岔。

「請問您說的巫女，是哪位？」

鈴子想到前幾天拜訪的那個老巫女。

「喔喔，是個很有名的老巫女，叫喜代婆婆。」

「在市村的那位……？三条出生的？」

「對，沒錯，就是那位喜代婆婆。夫人也認識的話，那應該是可信的巫女吧。」

果然是她，喜代婆婆大概是這一帶最有名的巫女吧。

——那個老婆婆，不會胡說八道才對。

喜代是真有本事召喚亡靈的巫女，但鈴子盯著榻榻米的紋路，心中另有疑慮。喜代到底是從何判斷宇內家被神明詛咒？難不成，她可以看出鈴子和孝冬看不出的玄機？

離開宇內家，夫妻二人搭船回到湊村。

「宇內家似乎沒有鬼魂，可是淡路之君又散發出香氣，這是怎麼一回事呢？」

鈴子在回程的船上，詢問孝冬。

「我也不知道。若真是神明作祟，淡路之君也派不上用場吧。」

「說到『於熊御前』……為何宇內家會祭祀那尊神明呢？」

「嗯……嚴格來講，祭祀屋敷神的習俗在淡路島並不常見，頂多只有歷史悠久的名門會這樣幹吧。宇內家也算歷史悠久的名門，從這個角度來看，他們祭祀倒也不足為奇……有的名門稱屋敷神為家宅神，或是家宅守護神，大部分也是跟宇內家一樣，在宅院的戌亥方位立一座石塔。」

「那麼像宇內家那樣，以某某御前為名的屋敷神，也很罕見嘍？」

「是這樣沒錯。呃，也可能是我孤陋寡聞罷了。」

鈴子陷入沉思，孝冬卻提了另一個話題。

「話說回來，那位喜代婆婆又扯上邊了，還真是奇妙的緣分。」

「為什麼喜代婆婆知道是屋敷神作崇呢？」

「這話應該反過來看才對。」

「反過來看？」

「宇內先生告訴她家中有祭祀屋敷神，她才給了同樣的答案吧。」

孝冬微笑解釋給鈴子聽。

「不然，萬一驅邪無效，客人興師問罪怎麼辦。直接說沒法驅邪，要客人誠心祭祀，這樣一來，就算出了事也有理由推託，可以怪客人祭祀的方式不對，或誠意不足等等。也許那個喜代婆婆真有點本事，但她畢竟是做生意而已，做生意當然要選划算的對策。」

「是這樣嗎……」

孝冬對鈴子的反應感到意外。

「唉唷，沒想到妳那麼賞識喜代婆婆，她很靈驗是嗎？」

「靈驗與否我也不好說，但在某種程度上還算可信——至少我覺得可信。」

「是喔……聽妳這樣講我都感興趣了，用御靈一詞形容淡路之君的，就是她對吧？我也想見見她。」

喜代就住在港都，船接下來就要靠岸了，孝冬想順道去一趟。

「這樣好嗎？堂堂男爵不該到那種地方吧？」

吉衛要是知道了，肯定少不了一頓罵。

「沒差，理由隨便找都有。神社的宮司出於好奇心，去拜訪坊間的巫女，這種事情自古以來一定比比皆是。」

鈴子仍放心不下，孝冬倒是老神在在。

喜代住的地方，有一股餿水味，可能是地勢偏低，下大雨就會積水的關係吧。

鈴子拜訪喜代之前，先跟攤商買了糰子當伴手禮。夫妻倆走過傾斜的鳥居，一來到敞開的門口，就看到前幾天那名奉茶的少女在廚房。少女一看到鈴子和孝冬大吃一驚，轉頭望向客廳，喜代婆婆就在那裡吧。

「打擾了。」

鈴子跨過門檻進入屋內，喜代果然跟前幾天一樣坐在客廳。

「怎麼？今天夫妻倆一塊兒來啊？」

喜代似乎認識孝冬。

「來拜託老婆子降靈的？」

鈴子進入客廳，坐到喜代面前。

「不是，我們想來打聽宇內家的『於熊御前』。」

喜代眨了眨眼睛，孝冬也在鈴子身旁坐下。

「於熊御前……啊啊！宇內家那個。原來，宇內家的大爺找上你們驅邪呀？」

「妳跟他說，他家的災禍是屋敷神作祟，除了誠心祭祀之外別無他法對吧？那麼妳是怎麼知道的？」

喜代默默喝了一口茶，意思是要給錢才肯開口。孝冬掏出幾張鈔票，連同伴手禮一起推到喜代面前。

「真是一點就通啊，生意人就是靈光。你們家的線香，大受好評哪。」

喜代開心收錢，並將糰子交給女傭。

「多謝誇獎。」

孝冬答話時也和顏悅色。

「老婆子啊，嗅覺可靈了。」

喜代總算開口了。

「嗅覺？」鈴子不解反問。

「妳頭一次來，身上就有御靈的味道。現在也有，比以前更濃烈啦。活人召喚亡靈，下半身會感受到寒氣；降靈時寒氣更強，四肢好像快冰凍一樣，連肺腑也快凍僵了。總之咱會感受到一股味道和寒氣，眼睛就看不太清楚了。所以啦，咱是靠其他方式感應，不是用眼睛看的。」

喜代說到一個段落，喝口茶潤喉。

「宇內家啊，有腐敗的味道。」

喜代悄聲說出了她的感應。

「是死亡的氣息，那家子沒救了，注定敗掉。屋敷神作祟可不是咱說的，是宇內的當家自己說出口的。不然，老婆子怎會知道災禍的源頭啊？他自己肯定心裡有數。除了祭祀之外別無他法，那也不是咱的原意。咱的意思是，那家子形同半沉的泥船，沒救啦。」

屋敷神作祟一說，並非出自喜代之口，而是宇內自己提起，這也證實了方才孝冬的見解無誤。可是，喜代也依照她自身的見解，認定宇內家的災禍無法平息。

——死亡的氣息，半沉的泥船……

「那宅子不像有鬼魂棲息啊……」

鈴子馬上又提了另一個疑問，喜代笑笑地說：「那是。所以啦，說是神明作祟也沒差太遠不是嗎？」

「這麼說……妳還是認為沒救就對了？」

「咱不是說過了？妳可別想方設法去蹚這灘渾水，俗話說人不與天鬥，得掂量掂量自己有幾兩重啊。」

喜代以嚴肅的口吻告誡鈴子，鈴子頗感意外，難道這老太婆在擔心她？

「──那關於『於熊御前』，妳是怎麼看這個神明的？」孝冬也插上話了。

「也沒啥看法，咱根本沒聽說過，沒準兒是他們自己供來拜的。不過那御前二字，應該是瞽女的諧音唄。」

喜代最後那句話，引起了鈴子和孝冬的關注。所謂的瞽女，是指盲眼的賣藝女子，跟盲眼的巫女也有關聯，鈴子小時候待的貧民區也有瞽女。

「所以御前是瞽女──妳是這個意思嗎？」

看到孝冬反應這麼大，喜代反而有些訝異。

「咱一直是這樣想的，不然還有啥可能性啊？沒準兒就是瞽女流傳下來的。」

「確實，民間有不少怨靈和神祇的傳說，都是四處漂泊的行者和巫女散播的……妳的意思是，『於熊御前』也屬於那一類的神祇？」

「掉書袋的事咱不懂，但每到舊曆十月的亥日，島上的瞽女和座頭會聚在一塊兒，舉辦妙音講。這妙音講呢，是專門祭祀弁天的活動。」

「喔喔，原來如此。那麼關於『於熊御前』的由來，或是這個神明有哪些法益，這些事妳知道嗎？」

「甭問了，咱一概不知。宇內家的大爺都不知道了，老婆子怎麼會知道啊。」

孝冬又低頭沉思了。

「瞽女流傳的神祇，只有他們家知道，這也說不過去啊……」

「那是不合理。要真是瞽女流傳的神祇，其他地方的人也該聽過才對。」

喜代聽了孝冬的疑問，也歪著頭想了一會兒。鈴子不清楚淡路島的信仰，跟不上二人的對話，她又怕插嘴打斷二人的推論，就保持沉默了。

「總而言之，你們小倆口別多事啊。」

良久，喜代回過神來勸誡二人。

「這種事想再多也沒用，那家子注定敗掉，你們甭管了。」

鈴子詢問喜代。「妳說注定敗掉，是指宇內家的當家，也會英年早逝的意思？」

「那也是他的命，又不是小小年紀就夭折。」

「可是，除了繼承人以外，其他的男童都養不活不是嗎……」

「還養活一個繼承人，這就不錯了。」

「哪裡不錯啊。」

鈴子不能接受喜代的說法，喜代搖搖頭告訴鈴子。

「胡亂抵抗，萬一情況惡化了妳要怎麼辦？違抗神祇注定要遭罪。逆來順受等待災禍平息是唯一辦法了，別以為人力能勝天啊。」

鈴子不說話了，一聽說有惡化的可能，她也沒法回嘴。況且鈴子也只是有陰陽眼，並沒有多大的本事。

「想不到，妳會說出這麼有良心的話。」

孝冬似乎很佩服喜代的為人，喜代卻瞪了他一眼。

「沒別的事了吧？咱該說的都說了，也沒讓你虧本，沒事就回去。」

喜代抬起下巴，示意夫妻倆離開。孝冬拍拍鈴子的肩膀，要她別放在心上，鈴子便起身離開了。

二人來到屋外，孝冬邊走邊對鈴子說：「鈴子小姐，我有一個想法。宇內家的當家，應該還有隱情沒告訴我們吧？」

「咦？」鈴子仰望孝冬。

「他們家祭祀的『於熊御前』很特殊，只有宇內家的人知道，當地人一概不知。就算是家宅守護神，也未免太特殊了。既然宇內家發跡是拜這神明所賜，他們一定知道來歷。尤其當家的不可能一問三不知，只要打聽出這個消息，或許就能找到解決方案。不過——」

「當家的不肯坦白，我們也無從幫起啊。」

孝冬也同意這句話。

「反正再跑一趟宇內家，打聽打聽吧。如果他還是裝蒜，那我們也沒法子，只好放棄這件事了。」

孝冬還笑著說，要真到了那個地步，也只能送幾張辟邪的符咒給宇內了。事實上，鈴子關心的事情，孝冬一定會竭力幫忙，他的體貼，鈴子滿心感激。

一回到花菱家，正好有人來到門外，仔細一看原來是醫生，還拎著大大的手提包。孝冬請教醫生，是不是家中有人患了急症。醫生回答。

「我只是來幫吉衛老爺定期看診。」

「叔公哪裡不舒服嗎？」

「老爺他年紀大了，心臟不太好。男爵從東京遠道而來，老爺這陣子費心張羅大小事，最好多休息一下比較好。」

醫生臨行前，還請孝冬勸吉衛多休息。

「我看他年歲大，身子還挺硬朗……原來是打起精神硬撐著。」

鈴子有感而發，孝冬內心五味雜陳。

一進入玄關，幹雄出來迎接他們。喜佐正好外出，吉繼人在神社，吉衛則在別院休息。鷹嬸等人還在育幼院沒回來。

「叔公身子怎麼樣了？」

孝冬關心起吉衛，幹雄揮揮手笑道。

「可硬朗呢。畢竟年歲大了，總要不時找人來看一下。醫生叫他多歇會兒，他最討厭被當老人家，聽著就來氣。」

「他確實是老人家了呀。」

「這話你可別當著他的面說。」

幹雄爽朗地笑了。

孝冬和幹雄一起回房查閱古籍，鈴子決定先換套衣服。清爽通透的虎斑薄綢和服，配上芭蕉布製成的腰帶，脫下來的和服則掛在衣架上讓其透氣。檐廊上掛著竹簾，涼爽的清風自戶外徐徐吹來。踏腳石上擺了一雙木屐，鈴子穿起木屐走到庭院，樹木的另一邊就是別院的檐廊了。

吉衛坐在那裡，悠閒地用扇子搧風。兩人碰巧對上眼，鈴子點頭行禮，吉衛卻緊閉雙唇，直接回房裡去了。幹雄說吉衛身子還算硬朗，但房內鋪有寢具，顯然吉衛不太舒服吧。鈴子坐在檐廊上發呆，孝冬來叫她吃午飯了。

吉衛在別院用餐，餐桌上只有鈴子、孝冬和幹雄三人。午餐是美味的散壽司，醋飯裡加了甜醋醃漬的蘘荷和生薑，再放上醬燒的海鰻。

「我和幹雄先生查了不少東西。」

飯後，孝冬喝著茶水，說出自己查到的線索。

「目前大致推算出淡路之君在世的年代了，之前有提到一個當家叫『佑季』，她就是那一代的人。我們拿族譜和略傳，比對各種鄉土誌和史料，從年分確切的歷史事件中，推算出淡路之君的時代。」

幹雄接下去說道。

「但凡有戰亂都會留下紀錄，像藤原純友[20]叛亂這一類的大事，地方官員的紀錄上也有。比方說，十世紀末有個叫讚岐扶範的國司，施政不當被一狀告上朝廷，就此丟了官位。花菱家的略傳上，也有記載當時的重大事件，從這些事件來推算年代，大概就知道『佑季』那一代的年分啦。」

幹雄雙手環胸，盯著天花板說道：「算起來，該是十世紀後半……差不多是康保到安和年間唄，也就是村上帝、冷泉帝、圓融帝的時代。」

「安和年間，還有安和之變[21]對吧？」

孝冬提出了一個歷史事件，鈴子完全沒有概念，也不知道那是多久以前的事情。

「是有，但那是中央貴族爭權，跟地方沒啥干係。當年中央只顧著窩裡鬥，地方領主的莊園不斷擴大，朝廷領地逐年減少，稅收也出了問題。根本無從改善，注定要亂啊。」

幹雄抓抓腦袋，對當年的亂象也略感無奈。

---

[20] 藤原純友：平安時代的貴族，通稱「平安海賊王」。天慶年間，在瀨戶內海地區對朝廷進行反亂，與同一時間於關東地區作亂的平將門合稱為承平天慶之亂。

[21] 安和之變：藤原氏打壓其他姓氏的事件，被密告謀反的左大臣源高明因此而失勢。

「那個年代啊，八幡信仰也在島上普及。淡路島的神社多半是供八幡神，佛教則是真言宗的寺廟居多。這兩種都講究咒術，對淡路島的文化也有深遠的影響……啊啊！不小心岔題了，失敬失敬。」

鈴子要幹雄別介意。幾經猶豫，她決定說出內心的疑問。

「呃呃……有件事我想請教一下。」

「嗯？啥事啊？」

「花菱家的紀錄中，有關於媳婦的事蹟嗎？」

「媳婦？」

幹雄一臉訝異。

「當家的媳婦是由淡路之君挑選，那麼挑選的基準是什麼？我很在意這件事。」

「啊啊！是這麼回事。呃呃……抱歉哪，紀錄上幾乎都只有當家的事蹟。至於基準，只能說是淡路之君的喜好唄。」

「沒有什麼共通點之類的嗎？」

「共通點啊？咱只認識孝冬老弟的祖母和娘親，也說不上啥共通點。不過呢，淡路之君似乎都挑美人，說真格的，有些美感的確會吸引妖魔鬼怪啊。」

幹雄認真思考，是否還有其他的共通點。

「孝冬老弟的娘親，本來是船運業的千金。祖母呢，咱就不清楚了，聽說以前也是淡路的名門千金。對了，孝冬老弟的娘親，是咱奶奶的外甥女。」

「外甥女？是這樣嗎？」

這可是新的訊息。換句話說，孝冬的母親也是吉衛的外甥女。

「好像是咱奶奶的小妹生下的么女，跟咱老爹算表兄妹。」

「所以，也不是毫無關係就對了。」

當然，孝冬的父母並無血緣關係，但親戚相聚難免會碰頭吧。

「這可難說了，芳乃姑姑她……啊啊，就是孝冬老弟的娘親啦。咱家爺爺還有老爹啊，跟芳乃姑姑關係不錯，爺爺以前很疼她，可能是自己沒女兒的關係唄。」

「……這樣啊……」

視如己出的外甥女，跟自己的姪兒自殺——這對吉衛來說一定是莫大的打擊吧。鈴子想起了剛才看到的吉衛。

鈴子觀察孝冬的反應，他沒有參與討論，只是一直盯著手上的茶杯。再怎麼好奇，或許也不該在孝冬的面前，提起他母親的話題吧。然而，鈴子又沒有和幹雄單獨碰面的機會。刻意約幹雄私下出來談，又會讓孝冬不開心。

鈴子猶豫該不該換個話題，卻聽到有腳步聲和談笑聲接近。

「看來富貴子他們回來啦。」

幹雄站起身，探頭觀望走廊。

「大哥，有客人來啦，快叫下人去泡茶。」

外頭傳來富貴子的聲音。隨後，富貴子帶著一群人進房了，有鷹嬌、由良、阿若——還有一名二十多歲的女子，以及十五、六歲的少女。鈴子不是第一次見到她們，之前在育幼院就見到了。年紀大的好像叫美枝，小的好像叫阿菊，兩人神情緊繃，站在門外不敢進來。

「別見外，快進來唄。」

富貴子招招手要她們進門，二人才怯生生地踏進室內。美枝頭上頂著髮髻，上面插了一把褪色的紅色短梳，身上穿著茶色的和服，外加深藍色的腰帶。阿菊只用藍色的緞帶束起頭髮，穿的是藍白紋的薄綢和服，配上白色的麻料腰帶，這大概是她們最好的衣服了吧。

富貴子讓她們坐到孝冬面前，鷹嬌、阿若、由良坐在角落。去吩咐下人泡茶的幹雄也回來了，好奇地觀望室內。

「這是啥聚會啊，富貴子？」

「這兩位小姐，說是有話要跟男爵夫妻說，咱就帶她們回來啦。兩位小姐，妳們到底有啥事啊？」

富貴子坐到美枝身旁，湊上前問她有何要事。美枝低頭不語，眼神慌張亂瞟，瞧她嘴唇乾燥，皮膚都龜裂了。

「……先喝杯茶再聊吧，她們應該也口渴了。」

鈴子提議先休息，富貴子調整坐姿後，也贊成了這個建議。

「那咱先回房啦。富貴子，妳也別待著。」

「那怎麼成？人是咱帶來的，萬一她們有啥失禮的舉動，咱得負責啊。」

「富貴子小姐，不要緊的。」

孝冬說話了。「她們特地來到這裡，一定是有重要的事情。不管她們說什麼，我都不會介意的，有話直說無妨。」

「既然你都這麼說了……」富貴子還是有些掛慮，但也乖乖離席了。

正好女傭也把茶水送來了。孝冬請二人喝茶，她們拿茶杯的手都在發抖，沒能好好喝上幾口。

「可能面對面會緊張吧。」

鈴子起身移動到她們的側面，孝冬也跟著換位子，坐到鈴子的旁邊。也不知道她們要談什麼，但夫妻倆先前造訪育幼院時，就看出她們有話要說了。

「這樣是不是比較好開口了？」

鈴子話剛說出口，美枝身子一顫，眼眶浮現淚水。她放下茶杯，轉身面對鈴子和孝冬，猛然低下頭來。

「真的非常對不起！」

鈴子和孝冬都愣住了，他們對看一眼，搞不懂美枝為何要道歉。

美枝雙手拄地，腦袋壓得低低的，整個人啜泣發抖。阿菊一手放在她的背上，也快哭了出來。鈴子瞄了一旁的阿若，阿若也表現得很困惑，並不曉得內情。

美枝大概是在對孝冬道歉吧，鈴子才剛嫁來花菱家沒多久，在來淡路島之前，跟這兩個人也素昧平生。

鈴子試著想了一下，她們對孝冬道歉的原因是什麼，可惜連一丁點頭緒也沒有。

「孝冬先生，你認識她們嗎？」

「呃呃……花祥育幼院我也只去過幾次而已。」

「這麼說，是跟你的大哥或父母有關嘍——」

鈴子一說到「父母」兩個字，美枝和阿菊的身子都抖了一下，這反應再明顯不過了。

「所以是跟父母有關嘍，妳們認識孝冬先生的父母……對了，我記得院長說過，孝冬先生的父母常去育幼院，還說夫人很溫柔……」

阿菊也哭了起來，她的容貌挺成熟，哭起來卻仍像個孩子。美枝抬起梨花帶雨的臉龐。

「是的，夫人她真的很溫柔……」

她還抽抽噎噎地說：「咱倆卻做了對不起她的事——」

鈴子有種直覺，接下來這兩個人將會說出天大的祕密。她望向孝冬，孝冬似乎也有同樣的直覺，表情十分緊張。

「妳說對不起夫人，是指他們夫妻倆身亡一事？」

會需要哭著道歉的，也只有生死大事了吧。鈴子說出自己的推測，美枝和阿菊的臉色都發青了。

「他們——不是溺水身亡的嗎？」

在孝冬面前，鈴子並沒有提起自殺二字。

「為什麼妳們要道歉呢？」

美枝落寞垂首，阿菊負責答話。

「都是咱不好。那一天，大伙去海邊玩耍——是咱跑去洞窟探險。」

「……就神社的洞窟。」

美枝用手巾擦拭淚水，下定決心說出真相。她一邊抽著鼻涕，一邊說道：「就一群育幼院的小孩，跑到神社附近的海灘玩耍。當年咱十二歲，阿菊才八歲大。花菱男爵他——當年的男爵和他的夫人，也陪咱們一塊兒去玩。他們每次造訪育幼院，都會陪小孩子玩耍……」

美枝用力捏緊手巾。

「那一天漲潮，風高浪大，繼續在海邊玩很危險，咱們就打算回去了。結果，到處都找不到阿菊。大伙猜想她玩得太盡興，可能忘了時間，就分頭去找人。可是，找了半天都找不到人，有人擔心她跑洞窟去了……偏偏又快要滿潮了，沒法前往洞窟。後、後來——」

美枝眼中又溢出了淚水。她知道現在不是哭的時候，趕緊用手巾擦乾眼淚，抽著鼻涕繼續說下去。

「男爵夫妻叫咱們趕快回育幼院，人交給他們去找就好。男爵讓夫人在原地等候，他說大男人腳步穩健，可以直接涉水前往洞窟。但夫人撩起和服下襬，說什麼都要跟去，夫妻倆就一起去洞窟了——咱們遵照男爵的指示回去育幼院，半道上天越來越黑，等到了育幼院時已經開始下雨了。誰知道，阿菊竟然回育幼院了。」

「咱去洞窟後——發現崖邊有道階梯，就往神社那兒去了。」

阿菊哭哭啼啼地說：「咱看到路上有標繩，才知道那條路是不能走的。咱怕被罵，就偷偷回育幼院。壓、壓根沒想過，男爵夫妻會去洞窟找人——」

「咱也驚慌失措，趕緊把男爵夫妻在洞窟的消息，告訴副院長……也就是院長的太太。副院長一聽立刻衝去找人，她說這種天氣去洞窟很危險。之後，院長和其他老師，還有附近的大人都來了，一大群人忙裡忙外，還有人打電話，咱們才知道事情的嚴重性……」

美枝看了阿菊一眼。

「咱很害怕，不敢說男爵夫妻是去找阿菊，其他小孩的年紀都比阿菊小，也不太懂到底發生了啥事。咱年紀最大……照理說，該把事情交代清楚才對……隔天，男爵夫妻身亡的消息傳開了，詳情大人啥也沒說。不！這都是藉口罷了……過了幾年後，咱才知道大家在背地裡嚼舌根，說男爵夫妻自尋短見。」

說到自尋短見這幾個字，美枝身體不住顫抖，再一次對孝冬磕頭。

「對不起！令尊令堂亡故，甚至身後蒙受汙名，都是咱沒有盡本分的關係。是咱不好，磕破頭也彌補不了對您的虧欠。」

阿菊也在一旁磕頭。

「不！歸根究柢，都是咱的錯。咱應該跟大伙在一起，不該跑去洞窟的。事後不敢坦承所作所為，也是怕被罵，萬一被趕出育幼院，到時候連條生路也沒有……所以，一直默不作聲……不敢說出來……」

阿菊不斷向孝冬道歉。鈴子目瞪口呆，不知道該說什麼才好，她沒資格安慰或責備這兩個人。可是——鈴子觀察孝冬的反應，他也愣住了。孝冬神情嚴肅地俯視兩人，現在他一定很混亂，要求他說點什麼似乎太殘酷了。

鈴子心想，還是得由她開口才行——就在她剛張嘴，孝冬說話了。

「妳們誤會了。」

孝冬的語氣出乎意料的溫柔，美枝和阿菊訝異地抬起頭來。

「聽好了，妳們當時年紀小，我的父母是成年人了。大人本來就該保護小孩子，這是大人的義務。因此，他們去找阿菊小姐是理所當然的事情。他們也知道漲潮危險，依然跑去洞窟找人，因為那就是大人該做的事情。」

孝冬凝視著美枝和阿菊，和顏悅色地解釋給她們聽。

「如今妳們長大了，懂得反省當年的往事，但小孩子做事本來就不講道理的。小孩子本來就缺乏判斷力，不要用妳們現在的觀點，來責備小時候的自己。我父母也不會希望妳們這樣做的，看妳們難過自責，他們反而無法安息吧。」

孝冬甚至還對兩人露出了笑容。

「妳們要真的感念我父母，就別再責備自己了。我相信，這也是我父母的心願。」

孝冬拍拍美枝和阿菊的肩膀，勉勵她們好好活下去，二人當場痛哭失聲。

「謝謝妳們今天告訴我真相——吃些點心，好好休息一下再走吧，我叫人準備。」

語畢，孝冬離開和室，鈴子也跟在後頭。

「……孝冬先生。」

孝冬回過頭，表情依舊溫和。

「妳一定在想，我講別人的事情，總是講得頭頭是道對吧。」

孝冬自己笑了。

「事實上，我也跟她們一樣自責啊。」

鈴子默默注視孝冬，想看出他是怎樣的心境。

「勸別人都很容易……其實，她們聽了我的說法，還是會很自責吧。」

「……不過，我相信她們釋懷一點了。」

孝冬也不否認。

「我也一樣。聽了她們的自白，我有種得到救贖的感覺。」

孝冬始終認為，父母尋短是他造成的，也為此自責不已。

「知道父母死去的真相，他們也活不過來了，我這樣想是不是太薄情了？」

鈴子牽起孝冬的手，孝冬看起來好像快哭了。但他並沒有哭，而是用笑容代替眼淚。

就這樣，鈴子一直牽著孝冬的手，沒有放開。

黃昏時分，鈴子和孝冬前往別院。他們打算把美枝和阿菊的自白，說給吉衛父子聽。吉繼人還在神社，只好先找吉衛了。

吉衛身穿浴衣，坐在檐廊眺望庭院，手上拿著一柄畫有桔梗圖樣的扇子。從敞開的拉門看得到寢具還沒收拾，代表他剛才都在休息吧。

「叔公您身子怎麼樣了？需不需要我拿什麼過來？」

孝冬慰問吉衛，吉衛不耐煩地揮揮扇子。

「不必了，咱好著呢，那醫生太小題大作。」

「多留心總是好的，叔公多保重啊。」

吉衛抬起頭瞅著孝冬說：「你小子又不是來探病的，有話直說。」

孝冬坐在吉衛旁邊，彼此稍微隔了一段距離，鈴子也坐到孝冬身旁。

「方才花祥育幼院的小孩來此——」

孝冬大致說了前因後果，包括他的父母去洞窟尋找阿菊，美枝和阿菊不敢把這件事告訴任何人。因此，他的父母並非自殺——

全都說完後，吉衛哼了一聲說道。

「你就是來說這個的？」

「父親母親畢竟是叔公的姪兒和外甥女，我覺得知會一下比較好。對不起叔公，是我多事了。」

「咱不是這意思。」

吉衛用扇子拍打膝頭，顯得不太高興。

「你講的這些，咱早就知道了。」

「咦？」

「你父母不可能殉情自殺，咱早就知道了，吉繼也心知肚明。咱只是不知道，他倆去找小孩子才溺水。那兩人不會自尋短見的，春實和芳乃碰到天大的事，也絕不會這樣幹，這不是明擺著的嗎？」

吉衛一口氣說完這段話，怒目相視。

「明擺著的事有啥好說啊？呆子。」

孝冬啞口無言，張著嘴巴說不出話來。

「請恕鈴子直言——」

鈴子湊近吉衛，代替孝冬開口。

「叔公既然心知肚明，為何不說出來呢？孝冬先生一直很自責，把父母的死都算在自己的頭上。」

鈴子直視吉衛的雙眼，吉衛不悅地皺起眉頭。

「妳這媳婦，講話毫不婉轉啊？退一邊去，咱不喜歡出頭鳥。」

「您不喜歡我也無所謂，還請您回答問題。」

吉衛咧嘴一笑。

「江戶女子脾氣剛硬，直截了當啊。但求實益不問好惡是嗎？妳跟吉繼一定合得來，也罷，就告訴妳——咱也知道，外頭有些胡說八道的謠言，咱只是沒想到，孝冬竟然會信那些渾話。更何況，那些謠言有沒有傳進孝冬耳裡，咱也不敢肯定，要是沒傳進他耳裡，咱說了豈不是多嘴？沒法提啊。原因不外如是。」

鈴子反覆斟酌吉衛的說法。

「換句話說，您是顧慮到他的感受才沒提起？」

鈴子確認吉衛的用意。

「妳要這麼解釋？咱怕麻煩罷了。」

吉衛低頭看著扇子上的桔梗圖樣。

「咱怕麻煩，不願面對。這一切，剪不斷理還亂啊。妳也知道，真要打開天窗說亮話，太難受啦，咱也不想自討苦吃。」

吉衛的身形，感覺變得好嬌小。

「內人的小妹去世後，就留下了芳乃這個孩子，芳乃小小年紀就喪母了。咱本來想收養她，但她父親老家幹船運的，家境也算不錯，咱也沒理由奪人所愛。咱和內人很疼芳乃，逢年過節不忘送禮，芳乃也常來這兒玩——無奈就是這段緣分，害她被淡路之君挑上了。早知老死不相往來，也不會弄成這般下場，說不定她嫁到別人家，現在還活得好好的……春實也不會……」

吉衛側過頭，長嘆一口氣，他不斷用扇子拍打膝頭，掩飾啜泣的聲音。

「咱大哥就是個敗類，一個沒人性的敗類，把一切都弄砸了。」

「我也是這麼想的。」

鈴子贊同吉衛的說法，吉衛哈哈大笑。

「好樣的——咱大哥啊，是被迷住了。」

鈴子不解反問。

「您是說，被淡路之君迷住了？」

「不是。」

吉衛搖搖頭。

「是被妄念迷住了，維新的妄念。」

「維新的妄念……？」

「幕末年代，咱兩兄弟都還年輕。稻田騷動你們聽說過嗎？明治時代發生的大事。沒聽過是嗎？當年蜂須賀的家臣，大肆屠殺稻田家的家臣。」

「蜂須賀？就侯爵家那個……」

「淡路島在幕府時代屬於阿波的領地，蜂須賀家為其領主。」

孝冬解釋給鈴子聽。

「稻田氏居重臣之位，權柄形同大名，但身分依舊是蜂須賀家的家臣。稻田家的家臣，地位自然比不上蜂須賀家的家臣。明治維新後，蜂須賀家的家臣成為士族，稻田家的家臣地位矮了一階，引發了之後的禍端——」

「總之雙方這一鬧，弄得不可開交。但重點不在這兒，稻田家和蜂須賀家不同，是很積極的勤皇派，也參與了倒幕運動。咱大哥受此影響，也成了勤皇派，想為倒幕貢獻一份心力。當年這種人在神社不算少數，所以明治維新後，他也熱衷參與神道改革。」

吉衛以諷刺的口吻說，大哥就是被這妄念迷住了。

「孝冬你也知道，明治年間，大國隆正的門人都被送來掌管神社。大國隆正是津和野藩的國學學者，今日的神道政策，就是沿用津和野一派的思想。」

之前孝冬也說過同樣的話，鈴子點頭聆聽。

「咱大哥也甘願為大國一派效力，以便神道改革後，在權力中心搶占一席之地。後來神佛分離的政令推行，神社被定義為祭祀的場所，祭祀也有統一的規範，全國上上下下都有天皇的祭祀活動。神社被迫執行一些從未舉辦過的祭祀，規模較小的神社蕩然無存。畢竟神道太過龐雜了，政府打算統一所有神社，並以皇室祭祀和伊勢神宮為核心。」

「父親和大哥，反對這樣的做法是吧？」

孝冬點出了癥結。

「沒錯，當然反對了。每個神社自古以來，都有獨特的祭祀活動，用強硬的手段逼迫他們放棄，改以其他祭祀活動為核心，太不合情理了。這無疑是把神道當成空殼，用來盛裝制式化的祭典，以成就天皇的權威。其實他們這樣幹，也學不成西方宗教那一套啊。」

吉衛的表情充滿苦惱。

「咱和春實都勸他回頭，偏偏他就是不聽勸。」

孝冬的祖父越迷越深，於是生下了孝冬。吉衛又嘆一口氣，不再說話，他盯著自己手上的扇子，也沒拿來搧風，就只是輕輕地搖來搖去。

「咱大哥死後，春實和實秋他們哪，努力保護鄉野的小神社和小祠，可惜還是違逆不了時代的潮流啊……他們常跑教派神道的教會，處理教會和警方之間的紛爭。」

「還有這回事。」孝冬表現得很訝異，他完全不知道這些事。

「嚴格來講，是實秋比較熱衷，也不單是熱衷神道，而是對所有宗教都有極大的熱忱。對於一些小教會或行者，他也沒少關心。」

吉衛眺望遠方，緬懷故人。

「港都有燈火教的教會不是？規模不大就是了。那邊本來是民宅，燈火教買下來當作分會的據點，負責仲介的就是實秋。」

鈴子倒吸了一口氣，孝冬也瞠目結舌。

——實秋先生他，竟然獨厚燈火教……

鈴子轉念又想，或許實秋跟其他教派神道的教會也有交情，並非獨厚燈火教。可是，這確實是意外的聯繫。

「……原來是這樣。」孝冬糾結苦思。

吉衛看了他的表情，心中又有感觸，便說道：「實秋他啊，似乎有什麼煩惱，早知道咱該多關心關心。年紀大了，後悔的事情一年比一年多，揮之不去啊。」

吉衛落寞地縮起身子，早已沒有初次見面時的威嚴。

「孝冬。」

吉衛抬起頭，對孝冬說。

「咱琢磨著沒那個必要，所以一直沒跟你說清楚。現在咱就告訴你，聽好嘍，咱大哥就是個敗類，這一點錯不了。不過啊，你跟他不同，你不是敗類，別妄自菲薄啊。」

吉衛的嗓音沙啞又嚴厲，並沒有親和力。然而，從他的用字遣詞中，聽得出他對孝冬真切的關懷。

「抬頭挺胸做人，跟你的另一半一起走上康莊大道，明白嗎？」

孝冬握緊膝上的雙拳。

「……孝冬明白。」

孝冬低頭感念叔公的勉勵，鈴子也雙手拄地，向吉衛行禮。

隔天早上，鈴子和孝冬到港口搭船，準備再次前往宇內家。那艘船他們搭過好幾次了，跟船長也混得挺熟，孝冬事先買了甜點當伴手禮，船長也開心地收下了，這位船長喜歡甜食更勝美酒。

「大爺又要去江井啊？開去江井就成了嗎？」

「對，麻煩你了。不好意思啊，讓你跑這麼多趟。」

「好說好說，載客也是好生意嘛。」船長爽朗大笑。

天上有一點烏雲，但風勢和海象還算平穩。搭船難免會遇到天候劇變，但船長說今天的天候沒問題。

「沒準兒會有雷陣雨，但不會下太久。大爺您回來時，不會拖太晚吧？」

「我打算中午前回來，去江井的宇內家打個照面而已。」

「喔喔，去拜訪宇內家啊……」

船長露出了意味深長的表情，好像頗有微詞。

「船長認識宇內的當家嗎？」

「不認識，沒碰過面。只是，他們家在討海人之間有點風聲。」

孝冬轉身面對船長，被船長的話勾起了好奇心。

「什麼樣的風聲啊？」

「這話也不曉得該不該說……」

船長觀察孝冬的反應，怕說了不該說的話。

「看船長的反應，是不太好的風聲吧？難道現任的當家風評不好？」

「不是，現任當家的為人咱不清楚。那是很久以前的風聲了，該說是因果報應嗎——」

「啊啊！船長是指他們家遭詛咒一事？這我知道啊。」

鈴子心想，看來在地人都知道宇內家的事。船長沒料到孝冬消息如此靈通，笑笑地說：

「原來大爺知道啊？那您也知道於熊含恨而終一事嘍——」

「咦？」孝冬和鈴子湊上前想問個清楚，船長對他們的反應感到不解。

「船長，你說『於熊含恨而終』是怎麼回事？」

「就詛咒的原因啊，大伙都說那是因果報應，您不知道嗎？」

孝冬和鈴子點頭承認自己不曉得。

「於熊啊，就宇內家前幾代當家的小妾，攢了不少錢。當家的靠那筆錢發跡，後來嫌那女子麻煩了，就把她宰了埋庭院裡。所以啊，他們家遭報應，每一代的當家都活不長，除了繼承人外，其他男童一律養不活，在地人都這麼說的。」

船長提到的詛咒，跟宇內家的說法如出一轍，至於原因的真實性就不好說了。

「這種故事很常見啊。」

孝冬只當趣聞聽。

「就鄉下人殺害出外人，奪財發跡的故事嘛。」

「話不是這麼說，宇內家的當家確實個個短命啊，而且繼承人以外的男童，也是一個都養不活。」

船長不贊同孝冬的說法。

「還留下一個繼承人，就是要他們世世代代受苦唄。」

「可怕的故事啊。」孝冬打斷了這個話題，沒再接續下去。

鈴子無從判斷這故事有幾分真實性，像這樣的故事，多半是人們揣測詛咒的原因，最後得出了一個「有人含恨而死」的結論。再者，宇內家祭祀沒人聽過的神明，也是在地人言之鑿鑿的原因吧。

這個說法，有沒有可能點出了真相？不對！要真是如此，當家的不可能一問三不知，但宇內說他不知情。

——難道宇內說謊？

下了船，夫妻倆前往宇內家。港口周邊人聲鼎沸，一到宇內家附近卻冷冷清清，跟熱鬧的氣息相去甚遠。並不是屋內空無一人，也不是路上沒人經過，而是整棟宅子被一股陰鬱的氣息籠罩，氣氛凝滯沉重。大概是鈴子知道宇內家有詛咒，才產生這樣的印象吧。

「……孝冬先生，待會兒拜訪宇內，有件事我想嘗試一下。」

鈴子抬頭看著大門，對孝冬提了一個建議。

「沒問題，歡迎妳試。」

孝冬也沒問清，就笑著同意了。

孝冬把島神神社的符咒交給宇內，宇內恭恭敬敬地收下了，舉止卻是有氣無力。找孝冬驅邪是他最後的希望了，無奈孝冬也幫不上忙，可以想見他的情緒有多低落。

鈴子和孝冬被帶往昨天的客廳，跟宇內面對面交談。

——果然有香味……

鈴子聞到了淡路之君的味道，可是淡路之君沒現身。換句話說，冒出香味這件事本身就有某種涵義吧。

「宇內先生，可否容我在宅子內逛一逛？若有得罪請多包涵。」

想當然，宇內對這個提議感到很意外。

「妳要逛一逛……？」

「說不定詛咒的元凶就在宅子裡，為求慎重起見，我想看一下。」

宇內早已心如死灰，也沒抱多大的希望。

「好吧，請隨意。」

幸好，宇內還願意帶領二人參觀宅院。

「這宅子是生意做大以後，才不斷增修改建的……」

宇內走在檜廊上，指著後方的茶室和別院，對孝冬說明宅子興建的過程。

一行人離開主屋，正要走入穿廊，鈴子停下腳步。

——味道變淡了，所以不是這一邊。

鈴子掉頭轉身，孝冬也跟著掉頭，宇內趕緊跟上。

「二位要去哪——？」

「看來是主屋有問題。」

孝冬沒有多做解釋，宇內神色緊繃，也不敢多話。

鈴子專注聞香，直覺告訴她，這香氣是淡路之君的指引。但遵照這個指引，也令她心情五味雜陳。淡路之君指引的地方，肯定有亡靈。如果淡路之君是為了滿足口腹之慾，才指引鈴子，那麼鈴子等於是主動獻上可憐的亡靈，供淡路之君食用。

然而，這麼做或許可以消除宇內家的詛咒……既然如此，讓淡路之君吃掉亡靈是正確的嗎？自己應該做出這樣的抉擇嗎？有害的亡靈就推給淡路之君，無害的就留下來，這實在是一種傲慢的作為，簡直把自己當神明了。

——過去花菱家的當家，就是這樣利用淡路之君的吧。

古往今來，權力總是建立在許多無辜的犧牲上，那些含恨抱屈的人，死後化為冤魂危害掌權者。

掌權者也不甘就戮，找上陰陽師和密教僧侶，試圖消除冤魂和詛咒。那些掌權者害怕自己欺凌的人，在死後向他們報復。

花菱家有能力滿足他們的心願，一定深得掌權者的器重吧。

——淡路之君她……一直都被花菱家利用了？就好比鈴子現在利用淡路之君一樣。只要詛咒消失，能多救幾條人命，鈴子也沒其他選擇的餘地。這種無奈的心情，讓她好沉悶。

突然間，鈴子感受到手上有股溫度，低頭一看，原來孝冬握住了她的手。孝冬來到她的身旁，俯視著她的臉孔。孝冬臉上浮現溫和的笑容，對她點點頭，要她放寬心。

「妳難過的時候，我一定會陪伴妳，就像妳陪伴我一樣。」

孝冬表明心跡，鈴子心中的陰霾，頓時一掃而空。

「再過去就是倉庫了——」

緊追在後的宇內，困惑地看著孝冬和鈴子。拐過轉角就是倉庫了，陰暗的走廊上一個窗戶也沒有，這裡位於主屋的角落，連家裡的人也不會靠近吧。

淡路之君的香味變濃了。

——就是這裡。

孝冬伸手用力打開拉門，室內一片漆黑，眼睛還要過一段時間才能適應。夫妻二人眨了眨眼睛，漸漸地看清了這個三坪大的小倉庫，裡面有堆積如山的竹籠、櫃子，以及擺放帳簿的書架和塞滿玩具的箱子。室內有灰塵和發霉的味道，卻比不上淡路之君散發的香氣。奇怪的是，裡面沒有鬼魂的身影。孝冬踏入室內，鈴子也跟著進門，空氣裡都是塵埃，鈴子用手巾摀住口鼻。

「——宇內先生，這後邊是什麼？」

孝冬走到倉庫的盡頭，詢問宇內。

「後邊？……如你所見，就是一道牆啊。」

孝冬眼前有一道粗糙的土牆，但他神情凝重地盯著那一道牆。鈴子也站到牆面前，這才察覺異狀。

——香味更重了。

鈴子走到牆壁的其中一個位置，香味更濃了。她怯生生地伸出手，觸摸牆面。牆面冰冰涼涼的，手掌按在上面，還摸得出土牆的粗糙質感。

突然間，鈴子摸到土牆隆起的觸感。她放開手一看，似乎又沒有任何異狀。

香味又變重了，就在鈴子察覺到香氣變濃的同時，淡路之君也現身了。耳邊傳來一陣類似木頭碎裂的聲音，牆上出現一道巨大的裂痕。孝冬一把抱過鈴子，護住她的腦袋蹲了下來。鈴子在孝冬的懷中，看清了眼前的異象。

有個東西從牆壁冒出來，乍看像是一條手臂，骨瘦如柴，毫無血色的手臂。明明只冒出手臂，鈴子卻看出那是一條女人的臂膀。另一隻手也跟著冒出來了，兩條手臂在半空中揮舞，好像在尋找什麼東西。

緊接著，冒出了一顆人頭，綁著日式的髮髻，上面還插著漂亮的裝飾用短梳，連各式珍寶的雕工紋路也看得一清二楚。女子的顏面塗了厚厚的粉底，整張臉都是白的。面容枯槁醜陋，雙目緊閉。女子睜開雙目的一瞬間，五官開始嚴重扭曲，眼角往上吊，額頭也高高隆起。眼珠子幾乎要突出眼窩，額頭隆起的部位化為犄角，一個女子硬生生變成了惡鬼。

惡鬼張開尖牙利嘴，衝向淡路之君。從鈴子的位置，只看得到淡路之君的側臉，黑豔的長髮無風自舞，美麗的紅唇勾勒出淡淡的笑容。淡路之君張開雙臂，衣袍輕揚，抱住了衝殺而來的惡鬼。

倉庫中發出轟然巨響，猶如淒厲的哀號，一種剖肝泣血、哀怨至極的嚎叫。塵沙瀰漫中，鈴子閉起眼睛咳嗽不止，等四周塵埃落定、悄無聲息，她才張開眼睛看個仔細。

土牆已經塌了，牆壁本身不厚，對面有個一坪大的小空間，裡面放著人偶。那是一尊很古老的人偶，彩漆都脫落了，人偶的身軀和衣服，也被蟲子蛀得很厲害，幾乎看不出原形。但勉強能看出臉上的皺紋刻劃，以及殘留的幾束白髮，這本來應該是一尊老翁的人偶。

人偶倒臥在地上，旁邊有一塊用來包裹的布匹，看上去就像人偶爬出了那塊布匹。布匹上寫滿了密密麻麻的經文，周圍的地板和牆壁也貼滿了符咒，十分陰森古怪。

「……這是……」

孝冬皺起眉頭，也說不出個所以然。他回頭望向宇內，宇內癱坐在地上，面色發青、張口結舌。

「老爺，出什麼事了？」走廊上有一群人跑了過來，木地板被踩得嘎吱作響。想來是宇內家的傭人吧，他們一到倉庫也嚇呆了。

「鈴子小姐，妳沒事吧？」

孝冬關心鈴子，鈴子才回過神來點點頭，孝冬起身撿拾那尊人偶。

「花、花菱先生——」

宇內雙腿發軟，用爬的爬向孝冬。

「那、那尊人偶是？」

「是老翁的人偶，應該是傀儡師在新年祭祀用的人偶吧。」

孝冬轉過身，把人偶拿給宇內看。「您對這東西有頭緒嗎？」

宇內凝視著木偶，一時無語。孝冬用布匹把木偶包好，交給宇內。

「我的推測是這樣，宇內家前幾代的當家，身旁有一個叫『於熊』的傀儡師，而且是有巫女身分的傀儡師——可能還是個瞎子。三条自古以來就有所謂的道薰坊迴……啊啊！道薰坊迴就是傀儡師。」

孝冬對鈴子解釋。

「這是淡路島才有的說法，據說道薰坊是人偶戲的始祖。」

孝冬再次扭頭正視宇內，宇內惶恐地看著人偶，遲遲不敢收下。

「過去傀儡師的妻子，也以巫卜之術維生，兩者自古以來就有很深的淵源，『於熊』也屬於這一類巫女吧。宇內家靠著她的啟示和預言，在商場上有極大的斬獲對吧？」

宇內面無血色，一句話也不說。孝冬把人偶塞到他手中，他驚叫一聲直接拋開。鈴子撿起那尊人偶，重新用布包好。

——持有這尊人偶的巫女，應該已經死了，而且死得很悽慘。

她死後的怨氣，危害宇內家世世代代的子孫。鈴子想起了剛才看到的惡鬼，那一定是於熊死後的怨氣所化。

「我……我是聽父親說的。父親他也是聽祖父說的……我們都是聽來的，也不知道有幾分真實性。」

宇內吞了一口口水，總算肯吐實了。

「前幾代的當家，帶了一個叫於熊的盲眼巫女回來，向她請教生意上的建言。那些建言靈驗無比，宇內家的生意越做越大，成了村中數一數二的望族。後來，當家的開始嫌棄那個巫女，因為她再三要求當家的娶她為妻——」

宇內家靠巫女的幫助累積龐大的財富，但她終究只是一個身分低賤的巫女，當家的不可能娶她為妻。巫女忍無可忍，便威脅當家，若不娶她為妻，她就要詛咒宇內家。

「當家的怕被詛咒，就答應迎娶巫女，結果……」

宇內的視線亂瞟，似乎羞於啟齒。他一看到鈴子手上拿的人偶，趕緊轉移視線。

「當家的欺負她眼瞎，把她軟禁在主屋的房間裡，命令下人把她當嫡妻伺候，試圖瞞天過海。」

宇內羞愧低頭，說出了事實真相。

「軟禁？——難不成？」

鈴子環顧倉庫內。

「應該就是此地，我父親也不敢肯定……」

「那巫女就死在這裡？」

孝冬追問下去，宇內額頭冒汗，點點頭說：「根據我聽到的說法，好像是被餵毒，還是被掐死的樣子。總之，是當家下的毒手——對不起，這種事就算只是傳聞，我也不好意思說出口……所以昨天才沒有坦誠相告。」

宇內雙手拄地，低頭道歉。孝冬也沒責備他，又問了另一個問題。

「人死了以後呢，怎麼處理的？」

「遺體就埋在庭院的一隅……就那座小祠的所在。聽說是詛咒應驗後，才建了那座小祠的。然後，人偶也封印起來了。」

「封印？」

「對，那巫女死後，當家的就把人偶丟掉，也不曉得丟到哪裡去。反正那人偶會自己跑回來，而且試圖損毀的人，都會受重傷，於是就封印起來了。」

鈴子看著布匹中的人偶。

孝冬說：「看來你們的封印失敗了，詛咒的源頭就是這尊人偶。」

巫女死後的冤魂，就附在這尊人偶上吧。生前還能把她軟禁起來，死後經文和符咒都無法封住她的怨氣。

「封印之舉反而激怒了那巫女吧，所以她才化為惡鬼，危害宇內家。古往今來，強大的冤魂會被奉為御靈神。『於熊御前』也就成了這一類的屋敷神——危害家宅的荒神。」

然而，這麼恐怖的冤魂也被淡路之君給吞了，荒神也只是她的食物。

——真有辦法祛除淡路之君嗎……？

「人偶我來淨化，宇內家應該沒問題了。」

宇內詫異地抬起頭。「你說沒問題……？」

「宇內家的人，不會再受到詛咒了。」

宇內目瞪口呆。

「那我們先告辭了。」

宇內呆坐原地，孝冬和鈴子穿越人牆來到戶外，離開了宇內家。

「人偶就帶去神社吧。雖說那巫女的冤魂散了，為了她好還是燒掉比較妥當。」

孝冬收下鈴子手中的人偶，揣在手上。

「……淡路之君到底是什麼來頭？」

鈴子喃喃自語。

「大概跟那巫女差不多吧？」

孝冬給了一個答覆。

「危害家族的御靈，她跟那個巫女一樣啊。」

於熊是巫女傀儡師，淡路之君則是御巫，雙方連這點也有相近之處。轉念及此，鈴子想起了喜代婆婆，她說鈴子也是巫女。

再者，被淡路之君挑上的媳婦，才有資格聆聽開示。換句話說，嫁給花菱家當家的女子，都是巫女。

鈴子停下腳步，震撼之大如受雷擊。

「為什麼我會被淡路之君挑上……」

孝冬也停下來，反問鈴子。「怎麼了嗎？」

「淡路之君為何要挑當家的媳婦……」

「鈴子小姐？」

「因為，淡路之君不是當家的姊妹或女兒。」

鈴子望著孝冬說道：「她自己就是花菱家的媳婦。」

在搭船回湊村的途中，鈴子都沒說話。登岸後她依舊在沉思，想著淡路之君的事。淡路之君是花菱家的媳婦，這個推測本身毫無根據可言，純粹是鈴子的直覺。既然淡路之君是御巫，鈴子是巫女，那兩者的立場應該是相同的。淡路之君挑選媳婦，不外乎是這個原因吧。

還有一點。

「——孝冬先生。」

夫妻倆走上通往花菱家的坡道，鈴子終於開口了。

「怎麼了？」

「你的母親和祖母，也是淡路島的島民對吧？歷代的媳婦，應該也是如此吧？」

「這個嘛，明治以前的歷任當家，很少離開淡路島吧。照此推算，附在當家身上的淡路之君，必然是在當家的活動範圍內挑選媳婦。」

「她以前是淡路島的御巫，媳婦自然也是挑淡路島的人吧。」

孝冬好奇地注視鈴子。

「這應該是偶然吧？別的不說，妳不就是生於東京——」

孝冬話說到一半，終於想通鈴子的意思了。

「妳的意思是，妳可能是在淡路島出生？」

「不，我是在東京出生長大的沒錯。只是，我連母親的故鄉在哪裡都不知道。」

「妳去世的母親，也許是淡路島的人？」

「可能是，也可能不是，現在也無從查起了……搞不好，我和淡路之君有十分相近的淵源。我只是這麼想……」

「原來如此。」

語畢，孝冬也陷入沉思。前方不遠處就是花菱家，有人站在大門前，是一名身材高䠷、充滿陽光氣息的青年——幹雄。幹雄一看到鈴子和孝冬，急急忙忙跑來了。

「怎麼了，幹雄先生，瞧你這麼著急。」

「孝冬老弟，你在港口或鎮上，有見到咱老母嗎？」

「沒有啊。」孝冬回答後，轉頭看向鈴子。

「我也沒見到。」鈴子也說沒有。

「那司機副島呢？」

幹雄的臉頰都抽搐了，孝冬有種不好的預感。

「我們也沒看到——那兩人怎麼了嗎？」

「今早咱看到一封書信。哈哈，當真被嚇壞了。」

幹雄尷尬發笑。

「書信——」

「咱老母留下的書信，說她要跟副島私奔。」

孝冬和鈴子都傻眼了。

宅院裡鬧得雞飛狗跳。

「吉繼人呢！快叫他回來！」吉衛人在玄關，火大地跺腳。

「已經派人去神社通傳了。爺爺你冷靜點，動氣傷心臟啊。」

富貴子在一旁勸慰吉衛。

「也派人去港口，告訴那裡的船家，不准放喜佐和副島上船，把他們帶回來。對了，還得報警──」

「爺爺，消停一會兒吧。」

幹雄也加入勸說。

「你這樣鬧得人仰馬翻，老母不是更沒臉回來了嗎？傳出去不好聽啊。」

「蠢材！」吉衛破口大罵。

「現在是顧體面的時候嗎？萬一他們殉情了怎麼辦？喜佐一輩子養尊處優，跟著一個丟了工作的司機，那能好嗎？早晚要衝去臥軌。」

幹雄和富貴子聽了這說法，也嚇得臉色發青。他們不認為事情會發展到那地步，但身分懸殊的情侶殉情，在報紙上也時有所聞。

「副島那混帳，忘恩負義——」

吉衛罵到一半岔氣，整個人蹲了下來。瞧他神情痛苦，孝冬趕緊上前攙扶。

「叔公你沒事吧？快躺下休息。」

吉衛還想回嘴，卻連一點聲音都發不出來。他的臉上早已沒了血色，難受地按住胸口不斷深呼吸。

在場的所有人都很緊張，怕他心臟病發作。

「咱到旁邊的和室準備寢具。」

富貴子衝進玄關旁的和室，呼喚女傭前來幫忙，室內傳來她忙碌張羅的聲音。

「咱去叫醫生來。」

幹雄正要跑出玄關，正好有人打開拉門，是吉繼回來了。幹雄看到父親回來，似乎鬆了一口氣。

「老爹——」

「咱都知道了，寢具鋪好了嗎？快讓爹躺上去。咱也料到會是這種情況，事先把醫生找來了。」

孝冬之前遇到的醫生，就在吉繼的身後，原來吉繼在回程的途中，順道找醫生來了。看吉繼指揮若定，孝冬和鈴子都很意外，因為他們對吉繼的認知，就是那個待在叔公身旁，鮮少開口的二當家。幹雄倒是不怎麼意外，可見純粹是他們對吉繼認識不深罷了。

「先不用報警，至於港口那邊，現在去通知也晚了，甭忙活了。晚點咱會通知她京都那邊的娘家，她沒準兒是跑去京都投靠親戚了。」

吉繼冷靜地分析完，在吉衛的床邊坐了下來。

「爹，用不著擔心，好好歇一會兒吧。」

吉衛望著自己的兒子，點點頭，哼哼唧唧地答應了。待吉衛閉上眼睛發出酣睡聲，吉繼的臉上才浮現憂鬱的神色。醫生坐在吉繼的對面，幫吉衛把脈，表情十分凝重，和室裡彷彿蒙上了一層厚重的黑幕。

鈴子觀察孝冬，他的臉上流露出對生離死別的恐懼。鈴子也好害怕，害怕那不祥的預感成真。醫生來到和室外，勸吉繼趕快找親朋好友，來見吉衛最後一面。

當天傍晚，吉衛嚥下了最後一口氣。

「說實在的，爺爺他年初以來身子就不大好。可是孝冬老弟要帶媳婦回來，他就卯足了勁認真張羅。好在沒折磨到，最後也見到了孝冬老弟和鈴子小姐，不錯啦。他這把年歲，也算壽終正寢了。」

葬禮結束的隔天，幹雄在別院的檐廊說出了剛才那段話。他身旁放著菸草盆，手上還端著一枝菸桿，那是吉衛的遺物，竹製的菸桿上還有精美的雀鳥雕紋。幹雄身上穿著一身高級的麻料和服，腰間還纏著一條寬腰帶。吉繼在主屋忙著招呼來弔唁的客人，富貴子也忙得不可開交。

鈴子、孝冬、幹雄三人，一同在別院收拾東西。吉衛早已處理好身外之物，留下來的遺物並不多，頂多只有幾件喜歡的古董，以及愛用的菸桿和菸草盆。

「早知道應該多跟叔公聊聊的。」

孝冬望著空蕩蕩的和室，十分感傷。

「咱爺爺口拙，沒辦法啦。」

幹雄笑了笑，點燃菸草抽了幾口，從口中吐出煙圈，一縷青煙緩緩飄向半空中。

「至於咱老爹呢，為人挺精明，這邊的事你就甭操心了。他是打算跟老母離婚，老母娘家的人為了表示歉意，急著要幫他續弦呢。」

吉繼所料不差，喜佐當真去投靠京都的親戚了，副島也在一塊兒。吉繼也沒想過要帶喜佐回來，離婚只是時間問題。

「老母娘家的人，還要幫咱說媒呢。沒準啊，媳婦和繼母會做一次嫁過來。」

幹雄對婚配之事不敢興趣，只當笑話看。

「是說、這都守完喪的事了。」

「不然，我替你找對象吧？」

「免了，咱心領就好。找個華族或社長千金來伺候，咱也不自在。」

聊著聊著，主屋的簷廊下有人開口了。

「大哥，你少在那納涼裝沒事，這邊都快忙死了好嗎？」富貴子高聲罵人了。

幹雄笑著站了起來，「抱歉抱歉。」

「咱這就過去。」

富貴子卻穿上木屐，從庭院走了過來。

「咱也休息一會兒，正好客人都招呼得差不多了。」

「這樣啊，那咱也不用急著去幫忙啦。」

幹雄又坐了下來。

「你們需要人手的話，我也來幫忙吧，反正這邊都整理好了。」

鈴子主動提議幫忙，富貴子抬起頭想了一下。

「這個嘛，廚房那邊有鷹嬸和阿若了，那麻煩妳整理咱老母的房間吧。也不算整理，就拿出一些衣物或飾品唄。」

「那好辦……拿出來就行了嗎？」

「這妳有所不知啊。」

富貴子整張臉都皺了起來。

「咱老母離開時沒帶上自己的家當，還好意思要咱們寄過去。」

「這還真是……」鈴子也無言以對。

「真搞不懂那人想啥。都要私奔了，有本事全丟一丟啊。」

「也的確是咱老母的作風啦。她的物欲比人強，哪捨得丟啊。話說回來，親戚那邊有地方讓她放嗎？」

「誰理她，咱只是怕丟了要聽她碎唸。乾脆做一張清單，包成禮品給她送去算了，就當是慶祝她私奔的賀禮唄。」

富貴子還真有可能這樣幹。

鈴子和孝冬前往喜佐的房間，幫忙收拾喜佐的私人物品，喜佐的房間有兩個桐木製的大衣櫃，壁櫥裡也另有衣物的收納箱。二人拿出衣物，按照原先的擺放方式分類。櫃子上面一排的小抽屜幾乎是空的，裡面有收納戒指和腰帶飾品的盒子，代表那是放貴金屬的抽屜，喜佐把有價值的東西都帶走了。

「看樣子，我們跟司機的男女私情挺有緣啊。」

孝冬苦笑談起之前的經歷，包括笹尾子爵夫人和藤園子爵的妹妹。

「當然這也不是多罕見的事情——」

孝冬整理書桌到一半，停下手邊的動作不說話了。

「怎麼了？」

鈴子湊到孝冬身旁瞧個究竟，他手上有一張對摺的紙片。

——咦……？

鈴子驚訝得說不出話來，原來孝冬手上拿的是一張彩畫，上面有一尊色彩鮮豔的神像，三頭六臂的神像。

「是燈火教的三狐神……」

孝冬自言自語，鈴子這才想起神像的來歷，兼具女神、鳥頭、狐面的神祇。笹尾子爵夫人和藤園子爵的妹妹，她們信仰的「燈火教」就是供奉這尊神明。

「難道喜佐嬸也是燈火教的信徒……」

「不！她應該不是信徒。」

孝冬否定了鈴子的推測。

「這對信徒來說是很神聖的畫像，不可能摺成這樣，放著沒帶走吧。」

不過，孝冬又補充道：「她跟副島之間，或許有這一層聯繫。」

「你的意思是，副島是燈火教的信徒，他勾引喜佐嬸入教，最後還一起私奔？」

孝冬點點頭。「這件事讓我想到藤園延子女士。」

藤園子爵的妹妹延子女士，跟夫家的司機糾纏不清，那名司機也是燈火教的信徒。延子女士的侍女懷疑，就是那司機勸延子女士信教的。

「可是，他們怎麼會想拉攏神社家族的媳婦入教呢？」

「神社和宗教是兩回事，人們有信仰的自由。拉攏神社家族的人入教，或許是想當成一種後盾，或者宣傳的材料吧。」

「話說回來……」

花菱家在淡路島可是歷史悠久的名門，分家也有極大的權勢，拐騙花菱家的媳婦入教，風險實在太大了。一個沒弄好就會激怒花菱家，甚至被逐出淡路島。還是說，他們有什麼本錢敢這樣有恃無恐？

「——這確實很詭異啊，我有不好的預感。」

「是啊。」

鈴子和孝冬凝視神像好一會兒，孝冬默默摺起那張彩畫，收進書桌的抽屜裡。

幾天後，花菱家的紛紛擾擾也處理完了，鈴子和孝冬決定返回東京。因為氣象預報顯示有颱風逼近四國一帶，他們收拾好行李，準備在明天早上出發。當天下午，鈴子和孝冬一起前往島神神社，此行的最後，夫妻倆想一起在海角看夕陽。

「天啊，好美……」

鈴子忍不住發出讚嘆，太陽正好沉入海平面，萬物都染上了金黃色的光華，真是奢侈到無以復加的美景。

夕陽慢慢沉入大海，天色也逐漸改變，從金黃色變成玫瑰色，又變成淡紫色。天空越來越昏暗，彷彿有人在天上放下布幕，夕陽不斷往下沉，最後化為橢圓形融入大海中。

鈴子直盯著眼前的美景，瞬間產生一種陽光和黑暗上下顛倒的錯覺。緊接著，夜幕降臨的速度變快，黑暗開始覆蓋四周。

一旁的林木和鈴子的肌膚，也染上了淡藍的陰暗色彩，但海面上還殘留著一點陽光。涼爽宜人的海風吹過，耳邊只聽得到寧靜的浪濤聲。

「我好像第一次見識到，什麼是真正的夕陽。」

孝冬有感而發。

「當然，我不是第一次看夕陽。」

鈴子也表示認同。

「我懂，這景象太美了……我也有同樣的心情。」

「能跟妳一起欣賞美景，真是太好了。」

鈴子也有一樣的感想。

「對啊。」

聽到鈴子也有同樣的感想，孝冬露出愉快的笑容。

「鈴子小姐，妳也是這樣想嗎？」

「嗯嗯。」

有時候，孝冬會表現出天真無邪的笑容。平常他身上總帶著陰鬱的氣質，笑起來也有皮笑肉不笑的感覺。

然而，他綻露純真笑容的時候，就只是一個很可愛的大孩子。反之，鈴子每次看到他強顏歡笑，就覺得好心痛，好想替他分憂解勞。

鈴子不擅表達自己的心意，有些心意用嘴巴說，也沒法完整表達出來。

「對我來說你是一個很重要的人，這跟你追求的關係不一樣吧？」

鈴子自言自語，聲音幾乎讓人聽不到，何況四周還有浪濤和風聲。沒想到，孝冬聽得一清二楚。

「或許不一樣吧，我也不好說。因為，妳給我的一切，總是超出我的預期。」

孝冬靦腆的笑容看上去有點困擾，卻又夾雜無比的喜悅。

國家圖書館出版品預行編目資料

花菱夫妻的退魔帖 3：起源之島／白川紺子作；葉廷昭譯. -- 初版. -- 臺北市：三采文化股份有限公司，2025.02
面；　公分. -- (LiGHT 新世界；03)
ISBN 978-626-358-574-4(平裝)

861.57　　113018459

LiGHT 新世界 03

# 花菱夫妻的退魔帖 3：起源之島

作者｜白川紺子　插畫｜齋賀時人　譯者｜葉廷昭
編輯二部總編輯｜鄭微宣　專案主編｜李媁婷
美術主編｜藍秀婷　封面設計｜莊馥如　版權協理｜劉契妙
內頁排版｜陳佩君　校對｜黃薇霓

發行人｜張輝明　總編輯長｜曾雅青　發行所｜三采文化股份有限公司
地址｜台北市內湖區瑞光路 513 巷 33 號 8 樓
傳訊｜TEL: (02) 8797-1234　FAX: (02) 8797-1688　網址｜www.suncolor.com.tw
郵政劃撥｜帳號：14319060　戶名：三采文化股份有限公司
本版發行｜2025 年 2 月 27 日　定價｜NT$400

《HANABISHI FUSAI NO TAIMACHO 3》
© KOUKO SHIRAKAWA, 2024
All rights reserved.
Original Japanese edition published by Kobunsha Co., Ltd.
Traditional Chinese translation rights arranged with Kobunsha Co., Ltd.

著作權所有，本圖文非經同意不得轉載。如發現書頁有裝訂錯誤或污損事情，請寄至本公司調換。All rights reserved.
本書所刊載之商品文字或圖片僅為說明輔助之用，非做為商標之使用，原商品商標之智慧財產權為原權利人所有。

suncolor

suncolor